U0696023

神犬阿飙

[美] 吉姆·凯尔高 著 赵建军 译

时代出版传媒股份有限公司
安徽少年儿童出版社

图书在版编目(CIP)数据

神犬阿飙 / (美)吉姆·凯尔高著;赵建军译. —
合肥:安徽少年儿童出版社,2022.1(2022.5 重印)
(国际少年生存小说典藏)
ISBN 978-7-5707-0363-0

Ⅰ.①神… Ⅱ.①吉… ②赵… Ⅲ.①儿童小说 – 长
篇小说 – 美国 – 现代 Ⅳ.①I712.84

中国版本图书馆 CIP 数据核字(2021)第 044350 号

GUOJI SHAONIAN SHENGCUN XIAOSHUO DIANCANG SHENQUAN A BIAO
国际少年生存小说典藏·神犬阿飙

[美]吉姆·凯尔高　著
赵建军　译

出版人:张　堃　　　策　划:高　静　宋丽玲　　　责任编辑:张万晖
责任校对:江　伟　　责任印制:朱一之　　　　　封面设计:孙　威
内文设计:侯　建　　绘　图:团　子
出版发行:安徽少年儿童出版社　E-mail:ahse1984@163.com
　　　　　新浪官方微博:http://weibo.com/ahsecbs
　　　　　(安徽省合肥市翡翠路 1118 号出版传媒广场　邮政编码:230071)
　　　　　出版部电话:(0551)63533536(办公室)　63533533(传真)
　　　　　(如发现印装质量问题,影响阅读,请与本社出版部联系调换)
印　　制:阳谷毕升印务有限公司
开　　本:635mm×900mm　1/16　印张:10.25　插页:1　字数:120 千字
版　　次:2022 年 1 月第 1 版　　2022 年 5 月第 2 次印刷

ISBN 978-7-5707-0363-0　　　　　　　　　　定价:38.00 元

目 录

第一章　危险的湖冰

艾伦·马利朝窗外扫了一眼,那是一片风雪欲来的多云的天空。十一月中旬的暮色在北国的大地上渐渐弥漫开来。这里的春、夏、秋三季虽然让人心旷神怡,但十分短暂,剩下的都是漫长的冬季。尽管天色越来越暗,艾伦还是打算抽出时间,再去看看那只尖翅绿头鸭。

艾伦匆匆穿上狩猎夹克。那是一件带羊毛内衬,下摆与腰带齐平的短上衣。穿上它,活动起来非常灵活,同时还能抵御凛冽的寒风。他戴上羊毛帽,放下两侧的护耳,然后双手戴上连指手套。当他打开房门时,风几乎一下子要掀走他的手套。面对吹来的狂风,他垂着头朝湖边走去。

那些生长在艾伦家周围的梧桐和橡树,被风吹得弯下了腰。焦枯的树叶被风从树枝上掠走,高高地卷到空中,接着消失在视野中。阴沉的云朵预示着天还要下雪,在已是二十多厘米厚的雪褥上再铺上一层。艾伦凭着直觉沿路而行,来到湖边。他抬起头,看到了那只绿头鸭。

除了湖心那一小片地方,整个湖面都结上了一层晶亮的厚冰。在湖心的那一小片水域里,那只绿头鸭在不断地拍打着湖水,一直绕着圈儿拼命挣扎,以免身下的一汪水冻住。这是

一场注定要失败的抗争。中午时分,它周围那一圈水的直径大约只剩四米,现在缩小到不足两米了。在接下来的几小时之内,来自北方的怒号的凛冽暴风,会让这个水窟窿彻底冻结上。

艾伦皱了皱眉头。每年秋天,当野鸭、野鹅沿着这条路线飞来并栖息于此地时,他总是不知疲倦地射杀它们。看看射中的短颈水鸭、赤膀鸭、针尾鸭从空中翻落,艾伦几乎不受什么良心的折磨。他认为猎鸟是一项最好的运动。不过,当湖面冰封,那只绿头鸭就得在痛苦中慢慢死去,这就是另外一回事了。

艾伦确信那只野鸭不是在这片湖上受的伤。因为除了他,几乎很少有人来这里猎鸟。而且今年到现在为止,他并没有留下过伤残的野鸟。绿头鸭肯定是中了一些不太厚道的家伙的枪弹,在从空中掉下来的。之前它还飞了这么远的路,此刻因伤再也无法飞回蓝天了。不过,既然绿头鸭现在待在这里,那自然就由艾伦来处理了。

艾伦把一只脚试探性地放在冰面上,冰面没有裂开,他迈开另一只脚。他有一种不祥的预兆。这时,蛛网状的裂纹越开越大,湖水从冰缝中渗了出来。艾伦立刻抽身退回去。冰还不够厚。如果他在冰面上再走远一些的话,十有八九会掉进冰窟窿里。他一动不动地站了一会儿,寻思着下一步该怎么办。

现在冰的厚度薄得无法承受他的体重;而动用他的小艇来破冰的话,现在的冰又太厚了。令人绝望的是,绿头鸭不在霰弹枪的射程之内,用步枪射击也几乎无法实现;否则艾伦会直接射杀它,以免让它因湖面冰封而在痛苦中慢慢死去。一只猎犬也许可以搭救那只鸭子。因为猎犬身上有着厚厚的毛皮,

冰水和零摄氏度上下的气温对它没有丝毫影响。尽管艾伦一直想得到这样的一条狗,但是他一直都没有如愿以偿。

艾伦知道野鸭的命运是由大自然的规律所支配的。那些受了伤或是被其他痛苦折磨的野鸭无法为自己疗伤,它们必死无疑。至于说在因死而解脱之前它们还得受多少的罪,大自然对此漠不关心。不过,对于那些有着壮实的翅膀,每年秋天沿着迁徙路线长途跋涉而来,春天又沿线返回的水鸟,艾伦总是怀着一种根深蒂固的与生俱来的爱。尽管他不知道该如何救助那只受伤的绿头鸭,但他也做不到扔下它不管,任其自生自灭。

嘶吼的风声比任何时候都更加响亮。一根沉甸甸的树枝从紧靠湖岸的一棵枯萎的梧桐树上被风扯断并掉落在冰面上。冰碎了,水冒着泡儿泛了上来。到日暮时分,风也许会止息,待到天明,湖面的冰就可以承受住艾伦的体重了。不过那时,野鸭就冻死在冰里了。艾伦似乎有了新的想法,他转过身,朝身后的房子看去。

房子建造在十分隐秘的地点,与世隔绝。其一侧长长的厢房里全是床铺和带锁的橱柜。这里曾是那些来此猎鸟的人留宿的地方。艾伦和他的爸爸曾为他们做过导游,那些猎手为艾伦一家提供了最主要的经济来源。不过那是在艾伦的爸爸和伯特·托伦斯——一个脾气暴躁的老头发生争吵之前的事了。艾伦的爸爸把伯特痛打了一顿,那个老头在医院里躺了整整一个月。在过去的十二个月当中,比尔·马利,即艾伦的爸爸,在莱西维尔的监狱里非常沮丧。他还得为此再坐上十八个月

的大牢。人们说他犯下的是故意杀人罪。比尔·马利的一些朋友仍在抱怨,说量刑极不恰当。不过,当比尔·马利强求法官同意这一说法时,法官本德提醒艾伦的爸爸,说这是他在四年当中第六次犯错,在此之前他已经受到过足够的警告了。此外,监狱也会为他提供一次机会——让他好好想一想,一个能做到不发脾气的人是何等的德行。现在那些游猎的人也不来了,艾伦独自一个人住在那里。

艾伦回头去看那片水面,他瞪大了眼睛,怎么也不能相信眼前的一幕。

艾伦一直渴望得到一条狗。仿佛某个善良的小精灵将魔杖一挥,现在那条狗就出现在他眼前了。很明显,这条狗是从房屋左侧那片长满灌木的树林里跑过来的。他第一次看到它的时候,它在百米开外的湖面上。

那条狗看上去像一条硕大的拉布拉多猎犬,又混杂着其他一些品种的特点。对于猎犬来说,它的脑袋过长,而鼻口部又太窄,仿佛在它的血统当中悄悄混入了柯利牧羊犬或者德国牧羊犬的特点。一身漆黑的犬毛看上去显得暗浊而且蓬乱不堪。

艾伦兴致盎然地看着那条猎犬。它站在薄薄的冰层上,很显然,它充分意识到了自己的危险处境。它缓缓前进,只走直线,没有一个多余的动作,情况十分危险。猎犬单独行动这件事并不稀奇;所有经验丰富的猎狗都知道在危险的地方该如何巧妙应对。那条狗身后每隔几英尺①就有一摊鲜血。它受伤

---

①1英尺≈30.5厘米。

了,伤情也许很严重。尽管如此,它看上去还是在想方设法要寻回那只尖翅绿头鸭。

艾伦尽量让自己纹丝不动,对他来说,甚至到了连呼吸似乎都可以省去的程度。一声喊叫都可能惊扰到那只大家伙,让它遭受灭顶之灾。一旦冰面破裂,狗会掉到水里去。

那条狗还能在冰上行走,是因为冰是从岸边开始,渐次朝湖心方向冻住的。狗越是接近绿头鸭,它脚下的冰层就越薄。不过,猎犬表现得像一个掌控时局的高手,它没有白费气力勇猛突进,或是弄得水花四溅;它也没有回一下头,而是沉稳地朝着它的猎物靠过去。当它试图走出冰层,这时身下的薄冰裂开了。那之后,在朝尖翅绿头鸭行进的过程中,猎犬克服着自身重量,继续蹚着冰水前行。此前留在冰上的血迹,表明这条猎犬受了伤,它正慢慢变得虚弱。

艾伦转身跑回家。他家有一堆木料,终日饱受风吹雨淋。他从中抽出两根长木条扛在肩上,跑回湖边。艾伦看到猎狗赶上了野鸭并将它逮住,然后掉头返回了岸边。从冰面上逃生成了唯一的一条通道,可是每当猎狗试着爬到冰上时,它的自重便会把冰面压垮,猎狗又掉进了水中。几次尝试之后,那条狗安静下来了,只把头露出水面。接着它又开始尝试,随即又把冰面压塌了。

艾伦解开夹克的纽扣,把衣服摁在地上。当他跪下来解开鹿皮靴的系带并脱下靴子时,他甚至没有感受到肆虐的风寒。艾伦松开皮带,让狩猎长裤滑落在地。他抬脚把裤子踢到夹克边上,接着又脱掉羊毛衫,只穿着内裤和袜子。艾伦把两根木

条左右并排地放在冰面上。情感上的每一次冲动都催促自己动作麻利一些,他应该赶快去营救那条狗。不过,他也很清楚,这会让他在仓促中做出各种并不明智的举动。他穿的衣服那么少,如果掉到冰下去的话,想再爬出来就非常麻烦了。

艾伦的两只脚各踏在一根木条上,在冰上缓慢地挪移着。他感觉得到,冰在他的体重的作用下开始变形。当他的脚板移动到木条顶端时,他停下身来,小心地收拢起另一只脚。为了把对冰层的破坏降到最低程度,他尽可能最小限度地移动着脚步。艾伦跪着把那根空木条滑到他的前方,接着踩到上面去,再将另一根木条朝前滑去,一直滑到踩着的木条旁边。这样每移动一根木条,艾伦就朝那只受困的猎狗靠近了一点。

理智告诉艾伦,他干的是一件傻事——他有可能会被淹死,为营救一条奇怪的狗,徒劳无功并且白白搭上性命。不过艾伦并没有回头。这条候鸟迁徙的路线伴随着他长大;在他之前,他的爸爸、祖父都曾在这里生活过。对艾伦来说,这条候鸟迁徙的路线,以及那些很久很久以来南来北往于这条路线的水鸟们,成了他生命中最关注的几件事情,其重要性有如血液滋养着他的身体一般。远处那条在绝望中挣扎的大狗,也属同一类有关生命的事件。面对那条狗,他现在只有一个选择——那就是出手相救。

艾伦抬起头,看到那条狗离他还有相当远的距离,它仍旧试图爬到冰面上来。只是现在它的那种抗争变得更加虚弱无力了,两次努力之间的休息时间也变长了很多。艾伦将注意力转移到自己的一举一动上。他知道,任何缩短营救过程的企图，或者任何一点小小的差错，都可能导致惨剧发生。艾伦克制着内心的焦躁，他努力让自己用一种缓慢而稳妥的方式取得进展。当他走到木条顶端之后，他的一只脚从一根木条踩到另一根木条上，接着将后面的那根木条朝前推去，如此反复，一步步朝湖心挪移。当他来到越来越薄的冰层上时，水从各处的裂缝处渗出，或冒着水泡从一个窟窿里泛上来。艾伦在冰面上慢慢行走。

一场漫天飞舞的大雪落了下来。又猛又急的阵阵狂风卷起雪花掠过冰面，雪暴降临了。艾伦抬头看了看暗沉沉的天空。比佛湖泽地带的冬天总是这么严酷：厚厚的积雪，凛冽的寒风，零摄氏度左右的气温，还会时不时降临一场所谓的"黑色暴风雪"——鹅毛大雪铺天盖地，白昼变成黑夜，地标性建筑完全被遮蔽了。当艾伦朝猎狗靠近的这会儿，他知道老天正在酝酿一场黑色暴风雪。要是这场风暴形成得足够快，而他还在冰上时，唯有极其幸运的情况发生，他才有回到湖岸的机会。

不过，要是艾伦现在就放弃的话，那条狗注定是在劫难逃了。艾伦倔强地推拉着身下的那两根木条，直到他突然看到眼前的那一汪活水。

显然，猎狗在积蓄它所剩的一点力气，它只能做到把头露出水面。当艾伦发现狗的嘴巴里还衔着绿头鸭的时候，他尖叫了一声。他对那条狗只是匆匆扫了一眼，但那一眼足以让他发现猎狗眼中隐藏着的聪慧。当狗有气无力地转过身朝他游过去的时候也证明了这一点——这个大家伙看出来了，它获救的机会就是艾伦。

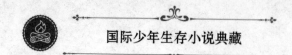

艾伦舒展全身躺在两根木条上，他尽可能远地伸开一只手去够狗的颈项圈。当发现这条狗没戴项圈时，他便抓住它脖子上松弛的毛皮，这时狗也用脚爪刨抓起来自救。艾伦成功地把它拉出了水面，并将它拽到一处牢固的冰块边缘。猎狗踉踉跄跄，差点又跌落到水里，它把绿头鸭放到艾伦的手里，鸭身上几乎没有一根弄皱的羽毛。艾伦用腋窝夹住尖翅绿头鸭，他靠近这条狗，打量起它来。

起先，艾伦以为它体形很大，但实际这条狗很消瘦。伤口在它身体的右侧。很显然，浸泡在冰水中导致它的伤口出血量减少了，现在只有一股细细的血流弄脏了它的黑毛。狗踉跄着迈着凌乱的步子，绷紧四腿好让自己不跌倒在地。艾伦意识到，饥饿加上枪伤让这条狗极其虚弱。即便如此，在此之前的一番表现证明了它是一条上等犬，与它的能力相伴的还有它坚定的意志。仅仅是勇气，就让这条狗没有放弃自己。

艾伦转过身，一边担心地看着这只猎犬，一边开始把两根木条朝身后的岸边移动，将绿头鸭夹在腋下。那条狗拖着步子慢慢地走在一米开外的一侧。它虚弱得快要倒下去了，但还是强迫自己迈开脚步。当他们朝更结实的冰层移动时，暴风雪变得更加猛烈了。被风吹起的雪团打得艾伦面颊生痛。飞扬的雪花和更浓的夜色让湖岸线几乎消失在视野中。艾伦家房子的轮廓在暴风雪中变得越来越暗淡，他努力保证自己朝着自家的房子前进。

他们最终到达了湖岸。狗刚爬上岸，就瘫了下去，整个儿软成了一团。艾伦把双脚塞进扔在地上的鹿皮靴里，把绿头鸭藏在一处杂树丛下面。绿头鸭在那里蜷缩起身子，一动也不动。艾伦跪下身来，把一只胳膊伸到狗的胸脯下方，另一只胳膊放在狗的后腿臀的位置。当艾伦抱起狗时，他失声地惊叫起来。一只成年的拉布拉多猎犬重约三十五磅①，可眼前的这条狗尽管看起来消瘦，却要重得多。艾伦搂抱着它，朝自己家慢跑过去。他用膝盖推开房门，把这只失去活力的狗轻轻放在炉子的旁边。

当艾伦站起身时，他才意识到刚才在室外的冰上只穿内衣和袜子所造成的后果。他整个身子都被冻麻木了，不让身子暖和起来，他做不了其他任何事。艾伦在炉门边摸索着，把一块厚厚的木头放在灼热的煤堆上，看着它燃起火焰来。艾伦站着将身子探到炉子上方，直到麻木的双手开始恢复知觉。接下来，他转过身子，不紧不慢地端详起这条狗来。

这条狗的身上带着一些稀有犬种的特点，它的个头比艾伦见过的任何一种猎犬都要大出三分之一。在经过近距离的一番仔细观察之后，他断定这条狗既不属于柯利牧羊犬，也算不上是德国牧羊犬，而是某种四肢瘦长的长距离奔袭犬，比如狩鹿犬或者猎狼犬。除了颈项周围有窄窄的半椭圆形的白毛之外，这条狗全身都是漆黑的毛发，如同一只拉布拉多猎犬。此外，它还有着像切萨皮克猎犬一样的卷毛。狗身上的毛发乱成一团，还沾满了刺果，这表明它早已失去了主人的照料。血从狗身体右侧的一处伤口渗出并滴落到地上。

①1磅≈0.45千克。

　　过了好久，艾伦的身体感觉回温，活动变得灵活自如。这时他把一锅水放在燃着木材的炽热的炉灶上。待水开始冒泡时，再把一根很大的注射器和一把手术剪刀扔了进去。这两样东西他以前都用过。在冬天，比佛湖湖泽地带被雪困住的居民无法出门，医生也无法进来的情况下，这些居住在荒野里受了伤或是生了病的人，就得自己照料自己。

　　艾伦一边等着水开，把剪刀和注射器消毒，一边看着那只大家伙，陷入了沉思。毋庸置疑，能做到在这样远的距离发现并如此巧妙地衔回绿头鸭的狗，肯定具备了来自行家里手的大量训练。这是一条混血种狗，至少看不出它有纯种谱系。有一些猎人会悉心照料一条可能是杂种狗的狗，如同照料任何一种纯种狗。没有一个猎人会轻易交出像这样的一条猎狗，除非他是这么想的：一条狗若不是纯种狗，那么它就一文不值。所以，或迟或早，会有人来认领被艾伦搭救的这条狗。

　　艾伦跪在狗的身旁，拨开它身上的黑毛，他吃惊地俯视着狗身上的一个弹孔。一个三厘米大小的金属块击中了狗身体右侧下方的肋骨并嵌在里面。既然找不到其他伤口，那么这条狗受伤的地方只能是这里，里面的金属块必须取出来。

　　艾伦在抽屉里一堆杂乱的东西中翻找着，他找到妈妈以前用过的两根钩针，把它扔进平底锅里的沸水里。利用钩针消毒的空当，艾伦跪下来把大狗伤口周围的毛发统统剪光。当他用钩针试探着去够狗身体里的金属块时，狗扭动着，哼叫着，抽搐着脚爪。艾伦收起钩针，等这个大家伙安静下来之后重新开始探测。钩针从狗的碎骨上滑过，并在嵌进肉里的金属块那

儿停下来。好在金属块所在的位置没有艾伦想的那么深。艾伦取出一枚软头子弹。不可思议的是,这枚子弹的弹头在撞击后没有弯得像一只蘑菇。应该说,幸好子弹头没有弯得像蘑菇,没有完全穿透狗的身体,这表明开枪者是从远距离外放的枪。毫无疑问,这条狗因此才捡回一条命。艾伦又张罗着给伤口消毒,因为缺少羊肠线,他用丝线缝合了伤口,然后站起身,皱起眉头打量着这条狗。

有些猎狗百无一用,有些只是样子好看,只有少数猎狗算得上真正的出类拔萃。即便是它们中最棒的猎狗,或者有着强健心脏的真正冠军,在肋骨中了子弹的情况下,还能试着从冰水里衔回鸭子吗?在此有一个谜让艾伦有点想不通。养过这条狗的人,只可能是既喜欢狗又通狗性的水禽猎手。这条狗此前在这里干什么?又是谁向它开的枪,为什么要开枪?

这条狗的脚爪抽搐着,震颤传到它的肋骨上。它硕大的上下颚翕动着,接着它抬起头,直视艾伦。它的眼神里流露出的并不是被驯服的特征,而是一种野性,给人的感觉跟一只自由的鹰或者天鹅一样。对于喜欢按照自己的理解去看待一切的人们来说,他们无法理解或者承认,这条狗的本性有可能是凶残的。艾伦生下来就在候鸟迁徙所经过的固定飞行路线下生活,他对动物的天性可是了如指掌。野鹅北飞,它们扑腾着翅膀引吭高歌,那是艾伦小时候的摇篮曲。他叫得出各种各样野鸭的名字,他分辨得出发出预警时的嘶鸣声、呼朋唤友时的召集声、交尾季节的求偶声。他同情那些遭受了人们的驱赶以至踏上遥远旅途的水鸟。因此,不管这条狗的外在显得多么有野

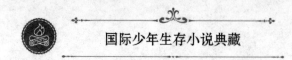

性,他仍然能够理解它。

当艾伦朝它伸去一只手的时候,这条狗既不畏惧躲闪,也不企图迎合。

"伙计,我不知道你是从哪里跑来的,"艾伦小声地说,"不过我希望你留在我的身边。要是你愿意的话,就叫你阿飙吧。现在你就在那儿好好躺着,我很快就回来。"

艾伦穿上另一条狩猎裤子和一件带兜帽的风雪外套,点亮灯笼,挂在窗户上。然后他拿起一个手电,返回到暗夜中。风还在吹,被风扬起的雪片击打着房子。艾伦跑回到他曾经脱衣的地方,把衣服拾起来。他看了一眼之前丢放尖翅绿头鸭的矮树丛,令他吃惊的是,鸭子还蜷缩在那里。绿头鸭并没有跑到别的地方去。艾伦拾起鸭子,他根据窗户上灯笼的位置为自己引路,朝家的方向跑去。在回到家之前,他花了好一阵子,才把绿头鸭放在了一个可供它遮风挡雨的小棚子里。

阿飙静静地躺着,当艾伦走进屋时,它回过头来注视了他一会儿。它的眼神里没有敌意,但是也没有明显的善意。这条狗没有要巴结他的意思,这一点明确无误。艾伦咧着嘴笑了笑。

"好吧,好吧!你不想搭理我就不搭理吧。不过我想该给你找点东西填填肚子啦。我把屋子稍微收拾一下,然后给你弄点吃的。"

他刚要去擦狗流在地上的血迹,突然想起了一件事。他拿起《蒂洛森信使报》,这是当地的周报,艾伦看完后常常就顺手放在一边,不知道什么时候他还会用到。他不急不慢地一张张翻看着,在第三版的下方,他找到了要找的东西。那里登出了

一张狗的照片,和现在躺在地上的这条狗一模一样。对应的内容如下:

在逃的疯狗!

事情发生在卡兹维拉,10月16日。没有人预先得到过警告:有一条巨型杂种狗,以前是住在鸥湖的戴尔·克劳斯曼家的狗,但在过去的一个月里,这条狗一直徘徊在泽尔梅西农场。今天一大早,它袭击了雅各布·泽尔梅西。泽尔梅西用鹤嘴锄的长柄击退了这条狗,自己也被严重咬伤,他叫布尔迈斯特替他处理后续的麻烦。民防团四处寻狗,但没有发现它的影子。大家都认为这条狗得了狂犬症,一旦发现,当格杀勿论。

艾伦放下报纸,又朝那条狗瞄了一眼,再回过眼去看那张照片。它就是图片上的那条狗,对此他毫不怀疑。这条狗以前属于戴尔·克劳斯曼,他经常对人说起它追猎的本领。戴尔·克劳斯曼居住在森林里,是一位打野鸭的知名行家。老人在两个月前过世了。这条狗没有疯,也未曾疯过,否则它在几个星期之前就死了。不过它为什么会攻击人呢?这条狗从事发现场不远五十英里①到这儿来干什么?又是谁朝它开的枪?艾伦悬垂

---

① 1 英里≈1.6 千米。

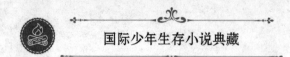

着手中的报纸,定定地看着那条狗,陷入了沉思。

当艾伦又来到它跟前的时候,阿飙既没有退后,也没有以示友好地摇摇尾巴。这条狗非常机警,仿佛预料到艾伦接下来的动作而早有准备。当艾伦弯下腰来擦地板的时候,阿飙嗅了嗅他的手。

艾伦把沾了血的报纸扔到炉子里。他开了两罐牛肉汤,接着又毫不顾忌地开了两罐,把四罐牛肉汤都倒进了一只水壶里,将它加热。当肉汤够热之后,艾伦把它倒进一个碟子里,又把碟子放在地上。

狗站起身来,虽然动作有点僵硬,但没有表现出明显的痛苦。它嗅了嗅碟子,尽管它早已饥肠辘辘,但还是带着尊严,吃得很慢。吃完后,再看不出阿飙踉踉跄跄虚弱的样子,它走到远处的墙根躺了下去。

艾伦笑了起来,他开始准备自己的晚餐。

第二章　蒂洛森

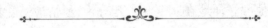

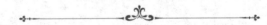

第二天早上，艾伦醒来的时候，熹微的晨光映在被霜覆盖的窗户上。他懒洋洋地在床上躺了几分钟，尽情地享受着被子的温暖，舍不得离开。最后，他从被窝里跳出来，朝炉子走去。他在炉子里的死灰下面拨了拨，直到找出发热的煤块。他往里添了些木头，接着又回到床上去。他察觉到靠在门边长凳上的水桶里已经结了一层薄薄的冰。

　　阿飙还是远远地躺在墙根旁，它抬起头，冷静地观察着艾伦的一举一动。这个大家伙睡觉的地方比炉子旁边要冷多了，但是绝大多数猎犬不把寒冷当回事。艾伦还记得蒂洛森的一位导游，名叫约翰·迪尔菲尔德，他养过两条上等切萨皮克狗。他曾筑起一道雪墙，为狗舍遮挡凛冽的寒风。可是那两条狗既不眷恋狗舍，也不在乎避风，即便是在零度以下的气温中，它们仍选择睡在雪墙边。

　　新添的木柴发出毕毕剥剥的爆裂声，暖洋洋的炉火温暖了整个房间。二十分钟后，艾伦再次离开床铺，他把衣服拿到炉子跟前穿上。阿飙默不作声地用眼睛远远地跟随着他。当艾伦扣上羊毛内衣外面的那件羊毛衫的纽扣时，他意识到阿飙肯定被人虐待过，以至于到了不再信任任何人的地步。

　　艾伦穿上橡胶底皮革筒的鹿皮靴,系上绑带,走到他家前排的窗户那儿。他用食指在结霜的玻璃上画出一个圈圈,看到放在室外窗台上的温度计上显示的是零下二十七摄氏度。虽然很冷,但还是艾伦可以忍受的严寒。毫无疑问,湖冰现在撑得住在它上面冒险的任何一样东西了。昨晚肯定下了一场暴雪,旷野里只要哪里有一处障碍物,足以挡住被风裹挟的雪花的去路的话,就能吹积成一个高达二十厘米的雪堆。在其他地方,所见只剩冻结的棕色土壤。

　　艾伦再次透过那个圈圈对外看。他看到风把大湖冰面上的雪吹得一干二净。沿湖有几根柳枝条插在冰上面,这是人们用来标记麝鼠挖掘肉质植物的根茎的地方做的记号。麝鼠的皮毛在深冬和早春时最油滑,这时艾伦会布下陷阱捕捉。如果开春后湖面破冰很晚,就有必要在冰下设置陷阱,这样柳枝条就会告诉他该在哪里下手。一群冒冒失失的黑顶山雀,头顶着还在劲吹的寒风前行。它们排成队,落在一棵光秃秃的枫树枝干上。艾伦看到之后笑了。黑顶山雀的体形很少有比一簇蓬松的蓟花冠毛还大的。黑顶山雀们开始让彼此相信:当第一场秋霜染白大地,春天就不会再遥遥无期,连最恶劣的暴风雪都不再能吓倒它们。

　　艾伦又扫了一眼起伏连绵且参差不齐的雪褥。一般情况下,风在夜里会停歇。同样,当天这么寒冷时就不会下雪。而昨晚的暴风雪对于这些惯例来说是一个例外。

　　艾伦把剩下的面粉全调成一碗煎饼糊。他架上煎饼用的浅锅,打着火,倒进油,再倒进煎饼糊。在开吃之前艾伦先把狗

喂饱了。这条大猎狗显然已经饿了,但是它仍然不急不慢地进食,吃相很端庄。它是一条混血狗,这一点确凿无疑;不过阿飙还是以它的谦恭和优雅,使自己跟一般的杂种狗有所区别。它流露出的自信是在捕猎活动中,它就像一只健壮的老虎。艾伦慢慢地有了留下这只了不起的猎犬的念头,想让它为己所用。

艾伦吃完早餐,洗好碗碟,戴好羊毛帽、穿好夹克时,阿飙用期待的眼神抬头看着他,并挤到门边。艾伦犹豫起来。阿飙本该出去方便一下,但是如果它真的出去了,可能就不回来了。与其心存侥幸让它出去,不如把它便溺处的地板擦一擦。

"待在家里!"艾伦厉声喝道。

阿飙像没有听到命令一样,它继续充满渴望地等着艾伦给它开门。艾伦皱了皱眉。像这样的一条狗,任何一个能教它捕猎的人,应该也教过它要遵守规矩。

"趴下!"艾伦命令道。

阿飙拒绝趴下,艾伦开了个门缝,只容自己挤着身子通过。就算这样,他还得用膝盖把狗顶回去。现在他更加搞不懂了。猎狗们常常需要乘船旅行,如果它们听到指令却拒绝安静地躺下的话,对船和船上的人来说都很有可能招来危险。狩猎时,猎人们也会从藏身处开枪射击。如果主人命令猎狗安静地躺下,它们却走来走去的话,肯定会把走进猎手射击范围内的水禽吓跑的。

答案肯定是阿飙是一条只服从某一个人的命令的狗。它追猎是因为它喜爱追猎,不过除了听令于戴尔·克劳斯曼这个老头,阿飙从来就没有想过自己必须服从其他人的命令。可

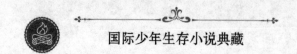

是，戴尔已经魂归西天了。

艾伦从屋后的架子上取下平底雪橇，并把他的雪地靴绑在上面。他把一段筷子头粗细的绳子穿过雪橇的一根撑杆，打环系住。在去蒂洛森的冬季旅行中，如能捎回一整车日用品的话，他就不必像夏季那样，一定得把想要的东西背回来了。

艾伦走到他之前安置尖翅绿头鸭的小棚子里。绿头鸭静静地站在一个角落，好像不喜周遭欢奇奇怪怪的环境。当艾伦蹲下去抓绿头鸭的时候，它迅速躲开了。艾伦第三次去逮它时，绿头鸭被逼到一个角落，在扑扇了几下翅膀、抗争一番之后，艾伦将它放进一只木箱子里。艾伦用钉子在箱子上面钉上几根板条，系牢在雪橇上，将雪橇滑到冰面。

他在这里用不上雪地靴，因为昨晚疾风劲吹，冰上的雪早已消失了踪影。现在风势已减弱，只比微风稍强。零摄氏度以下的冷风让他的脸颊仅仅感到一种舒服的刺痛。黑顶山雀在沿湖岸生长着的柳树丛里欢快地叽叽喳喳叫着。一只巨角猫头鹰扑腾着翅膀慢腾腾地跃过湖面。艾伦无意中注意到那只巨角猫头鹰消失的那片灌木丛。巨角猫头鹰是肉食动物，不过在艾伦看来，它们不惜一切代价消灭害虫，算不上是肉食动物。按照它们的习性，它们会搜捕啮齿类动物，消灭有可能把疾病传染给其他生物的患病生物，猎杀受伤的动物。否则，那些动物会痛苦地死去。

当一片斑驳的羽毛被风吹着从艾伦前方的冰面飘过时，他停下了脚步。接着，他抛下雪橇，顺着风来到湖岸边。他从密密的柳枝条中穿过，走到一片齐膝高的铁杉林上黏得七零八

落的一大团羽毛跟前。一只放松警惕的松鸡栖息在这片小树丛里，它被一只潜行的貂逮了个正着。艾伦想捕捉貂，他在这个地方做了个记号。像貂这种活动范围很大的动物，总是沿着它开辟出来的固定路线行走。也许一周后，也许要不了两三周，它会返回到铁杉林。貂会被诱入铁杉林，艾伦将用香气作为诱捕它的手段。

艾伦在冰上继续前行，一条大路横在他眼前。对所有想到达这座湖泊的人来说，这是一条必经之路。他从雪橇上拿出雪地靴后，套在他的鹿皮靴上，接着开始把一座与肩同高的雪堆踩倒。几分钟后，他成功地打通了一条让雪橇通过的道路。接下的一小段路，路面稍有积雪，被风吹积的雪堆比最初遇见的还要厚。在经过四十五分钟的艰苦努力后，艾伦来到托伦斯一家人居住的地界。

他朝无垠的田野放眼望去，四下不是一处处的雪堆，就是那些棕色的残株。残株从被风吹过后变浅的雪褥中露出来，像织毛衣的针棒一样。远处有温馨的人家，巨大的畜棚和明亮的建筑物。马利家世代拥有数不清的树木和沿湖的沼泽地，毗邻的托伦斯家则拥有属于现代文明的每一样东西。以前曾经有过那样一段时间，马利家和托伦斯家之间毫无顾忌地互相侵占对方的财产，并表示毫不在意。不过，这样的光景一去不复返了。想到这儿，艾伦不禁心酸起来。

艾伦的父亲比尔·马利从没有想过要拥有一座农场。他出生在大湖边，从小就熟悉生活在大湖及周边的野生动物们的习性，在整个比佛湖泽地带再也找不出比他更好、更有名的猎

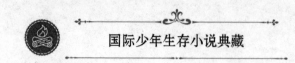
鸟向导了。喜欢户外运动的人横穿半个大陆到这里来跟着比尔·马利打猎。在猎鸟季正式开始之前的很长一段时间,马利家临时寄宿的旅馆最大限度地接受了客人们的预定。艾伦和爸爸为猎人们提供膳宿和向导服务。艾伦现在看到的这片田野里面布满了猎杀野鹅的坑洞,野鹅生性机警,它们飞来啄食落地的谷穗;马利家带来的那帮猎人就从藏身的坑洞里射杀它们。

接着,松鼠出现了。与此同时,还引发了很多荒唐的事情。伯特·托伦斯和比尔·马利向同一只鸭子射击,两人都声称自己射到了鸭子。他们都夸耀自己的枪法准,对猎物都不感兴趣,愿意把鸭子让给对方,不过两个人宁死都不承认是对方射中了鸭子。两人一开始只是激烈地争论,接着就冒出了尖酸刻薄的话。比尔·马利的火暴脾气一触即发,他把伯特·托伦斯那个老头打得不省人事。

艾伦神情严肃地往前赶路。打人的事情发生在短短一年前,现在想起来却像发生在另一个时代似的。以前,兴高采烈的猎人们驾着自己的小汽车,横穿伯特·托伦斯的长子即乔·托伦斯的农场里的公路;继而把马利家备有上下铺的临时寄宿的旅馆里的房间挤得水泄不通。在那场争吵之后,托伦斯家的人再没有看到过那些小汽车。虽然联邦州法律规定,必须有一条通到大湖的公共通道,但是该通道未必一定得是一条大马路。乔·托伦斯封死了原来的高速路,取而代之的是一条只能供一人通过的小径。猎人们在更多容易到达的地方找到了理想的狩猎场所,于是他们不倾向再跑任何的冤枉路了。父亲

入狱,通往艾伦家的大路换成了小道,去年秋天,艾伦没有为一位打鸟的猎人带过路。他所能做的只是自己捕猎,解决口粮不足的问题。

比尔·马利结余的钱很少,好在艾伦用钱很节省。艾伦通过狩猎获取毛皮赚钱,同时争取一切打零工的机会来弥补经济上的不足。可是工作的机会从来都不是很多,而且他能找到的都是些报酬不高的工作。托伦斯一家是比佛湖泽地带最兴旺的住户,他们清楚艾伦的处境。

当艾伦拉着雪橇从托伦斯家的农场经过时,他努力不让自己的脑子里有这样的念头:在不远的将来,他不需要再去蒂洛森了。钱花得如此之快,远远超过了他之前的想象。打猎是一种不稳定的营生。根据他能收获的毛皮数量,他大概率能把直到来年猎鸟季的生活都撑过去,迎来下一个夏天。不过,除非他能设法把失去的猎人再叫回来,否则他无法久撑下去。

乔·托伦斯农场里的那条毛发蓬松的狗对艾伦吠叫着,那是一种有口无心的敷衍的叫法,因为它不得不忠于职守。有人从家里走出来,想搞明白狗为什么会叫出这种声音。艾伦赶紧加快脚步。马利家有一个爱发脾气的人已经够让他们家受的了,艾伦不想再有吵架的事情发生。

艾伦走到了那条大路。四处的雪堆让这条路变成一道微型峡谷。两侧都是荒废的耕地。艾伦脱下雪地靴,把靴子系在雪橇上。半小时后,他到达了蒂洛森。

蒂洛森具有绝大多数度假村的典型特征。在夏天以及整个猎鸟季,蒂洛森热闹非凡。从很多联邦州驶来的小汽车停满

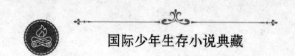

了大街小巷,商店里人头攒动,一些带着长矛的渔民在高谈阔论。来打鸭子的猎人穿着奇装异服,惹人注目。在冬天,所有那些出得起钱的人都去了阳光明媚的地方,留下那些无法去南方的度假胜地或是在酒店里工作的人。蒂洛森成了不怕寒冷天气、意志坚强的几十个家伙的大本营。意志相对薄弱的另外几百个人虽想离开这里,但是因为工作的关系,他们还是留在了这个亚寒带地区。

艾伦来到汽车旅馆的专营区,到了猎鸟季,这里的房价会有一定幅度的攀升。当艾伦注意到一家关着门的汽车旅馆的名字时,他咧嘴笑了,他想起早上他看到温度计所显示的零下二十七摄氏度。这家旅馆叫"清凉地带"。

艾伦拐入一条侧巷,朝一幢白房子走去。房子干净整齐,后面有一个车库,可停两部车。一道蓝烟从屋顶上的烟囱里冒出来,被冷空气一吹,渐渐变得稀薄。雪堆被堆在房子一侧,车子上的挡风玻璃都结了霜。这幢房子是杰夫·达恩利的家。他是比佛湖泽地带的狩猎监督官。艾伦敲了敲门,杰夫很快开门了。

"你好,艾伦。"

"早上好,杰夫。"艾伦对他雪橇上的那只箱子点头示意了一下,"我给你带了一只尖翅绿头鸭。"

杰夫高兴地说:"一大清早的,你就给我拿来一只撞到枪杆上的鸭子啊!快点进来吧!"

艾伦笑着走进客厅。他向杰夫的漂亮妻子多丽丝打招呼,然后朝狩猎监督官转过身去。即便杰夫穿上他的冬衣和鹿皮靴,体重也不会超过一百四十磅。他个头不高,看上去没有什么力气,可是那些触犯狩猎法规的人,在选择与他一决高下之后,最终栽在他手上的可不止一个。杰夫像灰狗一样喘着气,像貂一样有着极强的适应性,他一只拳头打出去的力量相当于一根十磅重的大木槌的力量。同时,他虽然什么都抱怨,但他从不会为了得到当前微薄收入的五倍薪资而转业跳槽。毫无疑问,杰夫·达恩利是该地区最棒的狩猎监督官。

"这只鸭子在湖中奄奄一息。"艾伦解释道。

"你为什么不放了它呢?"狩猎监督官质问。

艾伦辩解道:"鸭子不是在这片湖里被冻住,就是在那片湖里被冻住呀!"

"嗯,我想你说得没错。不过……"

"如果你非得把它从湖里拽出来的话,你为何不干脆拧断它的脖子呢?"这个爱上火的矮个子狩猎监督官问,"那样的话,你起码还能吃一顿鸭肉,不过呢,谁都是事后聪明。"

"你说我吗?"艾伦严肃地问,"你要我伤害一只拼死求生的鸭子吗?"

杰夫笑了。猎鸟季结束已经两天了。冬天来得早,大多数的鸭子和野鹅被冬天驱赶到了南方。如果没受伤的话,尖翅绿头鸭现在应该到了位于丹维尔的州立实验基地,它们大概会在那里安享天年,繁衍后代。

"它伤得很重吗?"杰夫问。

"伤得不轻,无法飞起来。"

"那好吧,把它放在车库吧,我会把它送到丹维尔的。"

"喝杯咖啡吧，艾伦？"杰夫的妻子问。

"我正等着您说这句话呢，达恩利夫人。"

杰夫的妻子端来两杯咖啡，艾伦和杰夫小心翼翼地呷着刚冲好的滚烫的咖啡。

"有没有一只会置人死地的巨型犬逃到了你那里？"杰夫认真地询问。

"置人死地的狗吗？"艾伦的心往下一沉。

"对啊。是一条体形跟马驹差不多的杂种狗。它能要人的命。它在卡兹维拉缠住一个人不放，那家伙叫泽尔梅西，要不是他用鹤嘴锄的手柄击退了它，狗也许都能要了他的命。那之后只有一个人见过它。"

"谁呀？"

"副警长比尔·塔伯斯。他在蒂洛森以北约二十英里的地方，用三厘米见方的金属块对它进行了长距离射击。那是一个星期之前的事情，比尔认为他击中了那条狗，不过他并不十分肯定，因为地上没有留下血迹。它是一条可恶的疯狗。如果它还活着的话，你看见了就该射死它，不可有失。那条狗的身上带有很多拉布拉多猎犬和切萨皮克猎犬的特点，不过它的体形要比你见过的任何一只拉布拉多猎犬和切萨皮克猎犬都要大，另外，它的鼻口部瘦削得多。它一身黑毛，只在胸部有一道窄窄的白毛。"

有那么一阵子，艾伦什么话也没说，不过现在他知道从阿飙身上取下来的金属块的来历了。艾伦努力装出一副漫不经心的样子。

"有人收留它了吗？"

"要是有人收留，最好把它关在家里。它是一条流浪狗。你没看到它？"

艾伦用讽刺的口气说："我当然见过呀！它就待在我家柴堆的后面不走，每当我想取木柴的时候，都得拿棍子打它，将它撵走。"

原来阿飙是一条流浪狗，无家可归，是一只没人要的野狗。是因为捕猎的天性那么强烈，阿飙才不得不去靠捕猎找食吃吗？有没有可能它已经把人当成它的猎物了？命令它待在家里或躺下来时，阿飙一概充耳不闻。杰夫转移了话题，艾伦松了一口气。

"你和托伦斯一家的关系处得怎么样了？"

"还是老样子。"艾伦简略地答道。

"你们还在争斗吗？"

"我从不去搭理他们。"

"他们也没搭理你吗？"

"目前为止是这样。"

杰夫笑了："如果以你的方法和态度去解决的话，两家就能正常交往了。"

艾伦耸了耸肩："情况都会好起来的。好啦，我想我该走了。"

"再喝一杯咖啡吧？"

"下次再来喝，谢谢。"

艾伦穿上外套，戴上帽子，与杰夫夫妻二人道别。他把装

在箱子里的鸭子放在杰夫的车库里,然后拉上雪橇,沿着大街朝约翰尼·马拉明的商店走去。

商店开在一幢很小的建筑里,店前用镀金的材料写着容易误导人的"马拉明大百货"。不过店内倒是温暖舒适,这里夹杂着咖啡、肥皂、香烟和新鲜的松树枝的气味。约翰尼用新鲜的松树枝条装饰他做生意的地方。

约翰尼是一个矮个子男人,他家在商店的后面。自大家对他有印象以来,他就一直住在比佛湖泽地带。

"你好,约翰尼,"艾伦向他打招呼,"你喜欢这么冷的天吧?"

"这能叫冷吗?"约翰尼哼了一声,"现在你们这些年轻人都太没出息了!我小的时候,我妈有好几次将一锅滚烫的水泼到门外,眨眼工夫就冻上了,我们捡'热冰'玩哩。"

"这样的事我还是头一次听说。"艾伦用挖苦的口吻说。

约翰尼递给他四包樵夫牌卷烟。这是爸爸比尔·马利最喜欢的旱烟。艾伦把烟塞进口袋里,并拿出一张纸来。

"这是我要买的食物的清单,约翰尼。我等一会儿回来时要带走。"

约翰尼接过清单念道:"面粉 100 磅,培根 10 磅,狗粮100磅……"他疑惑地抬起头,"你什么时候养狗了?"

"最近才养的。"

"但愿是一条不错的狗。请代我问候你的爸爸,告诉他,有空了我就会去看他的。"

"谢谢你,约翰尼。"

　　艾伦朝一个拐角走去,并在那里等公交。五分钟后,公交车驶来。在没有打出任何信号灯的情况下,车停了下来。艾伦以前一直在这里等车。在莱西维尔,家属每天都可以探监。公交车司机沉默寡言,他以前是个伐木工。他朝艾伦和蔼地点了点头,不过没有说话。

　　"你好,皮特。"艾伦打了个招呼,"今天好冷啊。"

　　"嗯。"

　　公交车上只有另外两名乘客。当车驶出蒂洛森时,艾伦在一个单独的位子上坐了下来。前方公路两侧是四季常青的绿化带,公交车在这里越开越快。三十二英里开外就是莱西维尔监狱。至于那里到底是一座先进的刑事监禁所,还是名副其实的西伯利亚,这要看一个人对狱方或者狱友的认可度来决定了。

　　艾伦心不在焉地盯着笼罩在冬天里的荒野,努力不去想太多。可是他又不得不想,他眼下所回想的是没有在脑海中留下印象的妈妈。当妈妈离开比尔·马利时,艾伦还是一个婴儿;这个小男婴把他妈妈的命运与一个年轻的工程师联系到了一起。这个故事有很多不同的版本,和那些爱搬弄是非的人的数量一样多。所有这些闲言碎语有一个自相矛盾之处:有些人说,就算是他老婆性格再好也无法忍受比尔·马利的脾气;另一些人认为比尔·马利在他老婆玛丽离开他之前一点儿脾气也没有。

　　公交车慢了下来。艾伦走到车厢前面,做好下车的准备。车门刚一打开,一股透骨的冷风扑了进来。艾伦一边下车一边

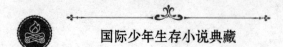

对司机点了点头。

"下次见，皮特。"

"肯定会的。"

公交车轰隆隆地开走了。艾伦朝着那幢用阴森森的石头砌成的房子走去。这房子的建筑风格如此怪异，在周围的环境中显得不合时宜。门卫对来探监的艾伦点点头，没有盘问就让他进去了。艾伦朝访客接待室走去。接待室的警卫在刑事服务业干到一把年纪，常年的历练与其说让他变得冷若冰霜，不如说让他变得老成圆滑了，他友善地问候艾伦。

"你好，年轻人。"

"早上好，先生。"

"我马上就把他叫到这里来。你先坐吧。"警卫转过身对着麦克风喊话。

艾伦坐在舒服的沙发里。在莱西维尔，只有重刑犯才需要隔着铁栅栏和他的来访者见面。艾伦因自己不需要这样与父亲相见而感到高兴。他努力让自己感到轻松自在。尽管墙上有画，有沙发、写字台、地毯，还有尝试着让这里变成不自然的乐园的一些东西，但监狱毕竟就是监狱，它永远不可能变成另外一个什么地方。很快，比尔·马利走了进来。

比尔·马利是个身强体壮的大高个儿，他那受夏日暴晒的饱经风霜的脸上写满了故事。不过他的眼里尽是忧愁与烦恼。此时，艾伦对那只野生的尖翅绿头鸭滋生出一种突如其来的巨大的同情心。它失去了自由的迁徙路线，换来的是一个囚身的板条箱。比尔·马利在身陷囹圄以前，也曾在荒野中过着自

由自在的日子。不过,现在他的眼睛暂时明亮起来,他忘了自己身在何方。虽不能返回到水鸟迁徙的路线上,但艾伦此刻出现在眼前,那条路线仿佛也就近在眼前。

"喂,儿子!"

"爸爸!"

父子二人不自然地握手,肩并肩地在沙发上坐下来。

"哎,打野鸭的猎鸟季结束了。"比尔·马利说,"我一直数着日子呢!来找你的猎人多不多?"

艾伦逃避追问:"要是再多来一个的话,我都不知道该如何应付了。"

"我很高兴……"比尔·马利感激地说,"孩子,我很高兴你还维持着生意。"他急切地提高了嗓音,"我敢肯定汤姆·摩根去了,马丁·迪里汉提再不会去了。啊!我记得……"

艾伦的爸爸接着提到其他人,那些他曾经的铁杆哥们儿,他们中的很多人为了打水鸟,曾跟着比尔·马利一程又一程地跋涉过。接着,比尔问了候鸟迁徙的情况。艾伦简略地说到野鸭、野鹅都已飞来,以及它们到达和离开的先后顺序。

"另外,现在……"艾伦开口后犹豫了起来。

"怎么了?"比尔·马利对每一个字都很感兴趣,像一个饥饿的人想多吃一口一样。

刚想说到阿飙,艾伦又犹豫了。马利家有一个行事冲动的人已经让人吃不消了,要是比尔·马利知道了阿飙的事,他会担心的。

"现在怎么了?"他爸爸问。

"现在湖面已经封冻了。"艾伦急忙把话岔开。

"时间到了。"狱警说道。

"我还有一件事要问。"比尔请求道,"你和托伦斯家有没有闹矛盾?"

"没有,爸爸。"

"孩子,千万别惹出什么事来。要是他们挑事,你尽可能想办法躲开。不得已就跑吧,就算他们把你当胆小鬼,你也别介意,别像我这样惹出什么麻烦来就行啦。"

"我保证不会的。"

比尔·马利的眼睛里又重新充满了忧愁与烦恼。艾伦从口袋里拿出四包烟。

"我给你带了点东西。"

"孩子,谢谢你。"比尔挤出了一个笑容,"愿老天保佑你。"

艾伦离开后再次乘上公交车返回。在约翰尼·马拉明的店里,他把艾伦写在清单上的东西都已经打好包了。

"你去拿吧,艾伦。都装好了。"

"多谢你了,约翰尼。"约翰尼没有问起他父亲的情况如何如何,这让艾伦极为感动。约翰尼·马拉明也是在候鸟迁徙的路线上长大的,这位店家应该猜得出比尔·马利的心情。

"还有什么事需要我帮忙吗?"约翰尼问。

"你常去卡兹维拉闲逛吗?"

"常去。我经常去那里买篓子,夏季做生意要用。"

"你碰到过泽尔梅西家的人吗?"

"走到哪儿都有可能撞上他们家的人。在比佛湖泽地带的

这一边,托伦斯家人丁可旺了。"

"你认识雅各布·泽尔梅西吗?"

"认识啊,他是个心狠手辣的家伙,在他的地盘上,他会虐待每一头家畜。你问这些干什么呢?"

"嗯,这里很难找到活干。"艾伦含糊其词地说,"等到明年开春,我想去卡兹维拉……"

"活当然不好找。"约翰尼同情地回答道,"但是你可别给雅各布·泽尔梅西那个老东西干活!"

"我不会的,谢谢你告诉我这些情况。再见。"

艾伦把想知道的事情都搞清楚了。因为雅各布·泽尔梅西虐待了阿飙,它才会咬人的。不用说,这就是为什么人们普遍认为它是一条置人死地的疯狗的原因。

第三章　初次出征

厚厚的雪已被雪橇压垮，因此，再把载着货的雪橇往回拉时并没有那么难。风速减弱，气温升到了零摄氏度左右，这使得积雪变得很松软。天气回暖了一些，雪橇可以顺畅地滑行。从乔·托伦斯家的农场经过时，艾伦认真思考起来。

艾伦确信，阿飙攻击雅各布·泽尔梅西，是因为它受到了残酷的虐待。如今这条狗成了一个背负罪名的亡命之徒，没有人想要它。它对指令听而不闻倒是真的，不过艾伦对此还是报以理解的态度。事实证明阿飙交到艾伦手中的鸭子毫发无损，它是一位了不起的猎手。抛开它值得怀疑的声誉，阿飙正是艾伦一直想得到的那样一条狗。

不过，当艾伦看到乔·托伦斯从牲口棚朝自己家里走去的时候，他认为收养这条体形硕大的杂种狗真正的障碍，或者说让阿飙活下去的障碍，是怎么将它带回家。大家普遍认为阿飙是一条流浪的疯狗，是与人为敌的畜生。如此一来，人们都会设法对付它。它一旦被人发现，立刻会招来杀身之祸。如果艾伦认为阿飙真的是一条会伤人的狗的话，他也会干掉它的，但他并不这么认为。

阿飙衔回尖翅绿头鸭与它对人持什么样的态度扯不上关

系。自从艾伦把阿飙带进家里来,它没有流露出丝毫的敌对情绪,但它也没有表示出任何的友善举动,不过它拘谨而冷淡的态度,很容易用它曾经遭遇过虐待的事实来加以解释。

突然之间,艾伦有了一个大胆的设想,那就是阿飙出现在他的地盘上是一个理所当然的结果:肯定是有人要把这条狗送给他。不过,这种一厢情愿的荒谬性在一瞬间让他打消了这个念头。阿飙的个头那么大,大家在报纸上肯定都见过它的照片,不可能还会有人去花钱买下它。

艾伦看着托伦斯家的房子做了个鬼脸。马利家和托伦斯家上一代人之间的过节,却要让两家的年轻人去饱尝苦果。要是乔·托伦斯知道艾伦收留了一条流浪的疯狗,他会抛下一切直奔蒂洛森去散布消息。艾伦承认,要是自己能给乔·托伦斯找点麻烦的话,他也许会下手的。

他还是有办法不让大家看到那条狗的。马利家的房子一直延及大湖的四周,离湖岸有相当远的距离,而且这一带都覆盖着林木,几乎遇不上几个来访者,很少有人会走到这座大湖边上来。如果艾伦能一直把阿飙限制在自家的地盘里,不让别人发现它的话,人们迟早会忘记这条流浪的疯狗,那样问题就解决了。这个办法虽然很不可靠,但就当前来说,也是他唯一能够想得出的办法。

艾伦走到湖冰上的时候,风又大了起来。艾伦一边防止风让雪橇侧滑,一边低着头把下巴埋进外套的羊毛领子里。零摄氏度的气温并不是不能忍受,甚至都谈不上不舒服,但是这样的气温外加吹来的疾风就完全是另一回事了。比佛湖泽地带的

这个冬天来得很早，而且很明显，它将演变为一个严寒的冬季。

艾伦转身离开湖区，朝家里走去。尽管天气寒冷，他还是出了一身汗，因为他必须让雪橇从被风吹积的新近形成的雪堆中闯出一条路来。他尽力把雪橇拖到门廊边，然后进屋取暖。他发现炉火的火焰低了下去，水桶的表面结了一层薄冰。当艾伦走进屋的时候，阿飙起身并伸展开它的前后腿，但没有迎上去。艾伦敏锐地打量着那条狗。

在它棕色的眼睛里，艾伦找不出半点"食人魔"的迹象。它的眼睛里流露出的是一种未被抑制的天然的野性，那种自然的东西，在某种程度上与野鹅的鸣叫，飞翔的短颈野鸭闪亮的双翅，还有那被怒风卷起白沫的湖泊、阴郁黑暗的树林、森林下面那片土壤如出一辙。这条狗没有因为要替人执行某种任务，或是为了满足某种特定的有利可图的市场需求而被筛选育种，并接受人工干涉。它是那么原生态，与候鸟迁徙的路线一样属于大自然的本真。那是艾伦与生俱来就了解的一种特质。

艾伦走上前，拨开炉子里的灰烬，并往里新添些柴火，阿飙抬起右前腿，并用其余的三条腿立着。尽管受了枪伤，它那样站着却没有因为重心不稳而摇摆；看来它有着不错的恢复能力。有多少狗能带着这样的伤走远路呢？阿飙在被枪击之后，走了至少二十英里，而且还从冰水中衔回一只鸭子。想到这儿，艾伦笑了起来。

"你可真是一条硬汉啊，对吧？等一下，阿飙，我先暖暖身子。"

艾伦没有一点儿多数人对狗说话时的傲慢，而是以一种谈心的状态平等地与狗交谈。在不同的场合，艾伦多次听到人们声称狗比人强，他觉得这种言论十分荒唐。狗与人是不同的物种，找不出可以衡量两者优劣的客观标准。艾伦觉察出阿飙这头巨兽的优秀品质，禁不住对它产生了敬佩之情。它不是纯种狗，但它表现出的自信与任何良种猎犬毫无区别。

艾伦走到室外把买回来的东西往屋里搬，阿飙一拐一拐地跟在他的旁边。它的伤口处没有再往下滴血，但它曾躺过的地方留下了一些血污。

艾伦又开始忧虑起狗的安全问题来。阿飙以前待在卡兹维拉，这是不争的事实，眼下它出人意料地出现在这个地方。它跑了五十英里的路，证明它是一条流浪狗。当它的坏心情再次发作时，极有可能再次外出流窜。要是它果真外逃并且被人发现的话，下一个端起步枪的人可能就不是打伤它那么简单了。

当艾伦扛着一百磅重的面粉时，他偷偷地朝阿飙横瞄了一眼。迎着从湖区吹来的寒冷的微风，阿飙一副漠不关心的样子。艾伦想用结实的链子拴住它，但是他很快又打消了这个念头。链子固然可以阻止它四处流窜，但是那样做的话，谁也无法成为它的主人。那个对它造成了伤害的枪伤对艾伦也有有利之处，那条狗或许正因此才不会跑到别的什么地方去；直到艾伦和它建立起紧密的关系之前，那条大狗会因为这没有痊愈的伤口而自愿留在他身边。

艾伦把雪橇拖到屋后，阿飙一直在他的身旁。艾伦把雪橇

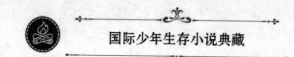

放回到架子上,阿飙肃然地站着。在又绕回到房前时,他们停了下来,朝着湖对岸望去。

这里是候鸟迁徙时的必经之地。秋天,大群大群的水鸟蜂拥而至,到了春天,它们又腾空而去。这里还是垂钓之乡,在现在的冰层之下,咬合力强大的梭子鱼在潜行猎食蓝鳃鱼、金鲈和鲦鱼,还有巴司鱼。夏末时,这里会成为海狸的天下,而冬季的大湖则是一个完全属于它自己的世界。

越过大湖,艾伦朝北眺望,那里有一片他所熟知的延伸一百英里的常青阔叶杂树林。这是一块奇异的土地,随处可见一块块适合种庄稼的位于高处的肥沃田地。不过,唱主角的还是那些多到数也数不清的湖泊和小池塘——小得不足以用湖泊的名字来抬高它的身价。还有几大片地方,从表面上看是坚实的地面,但实际上不过是浮在水上的一点表层土而已。要是有人从上面走过的话,它们就会像果冻一样颤巍巍的。此外,随便挑上一处,都可以穿过表层土戳出一个洞来捕鱼。这种地方除了在冬天里被冻得结结实实以外,一般情况下踏上去是非常危险的。

森林里同样上演着永无停歇的生死大戏。白尾灰兔三三两两挤成一团,它们成了饥饿的狐狸和土狼垂涎的佳肴。猞猁埋伏在大脚白靴兔出没的小径上。狗熊们在安全的杂树丛中或是在洞穴里睡上一整冬。机警的鹿群悄悄地从灌木丛中逃走,但还是引来了大灰狼的扑食。肌肉健壮的貂在追赶受惊的松鼠,从一根树枝跃翔到另一根树枝,从一棵树跳到另一棵树。狼獾走起路来脚步又重又慢,它们撕碎或是弄脏任何自己

不想吃的东西,目的只在肆意地破坏。

艾伦四下观察,一头母鹿从幽暗的树林里走了出来,轻轻地沿着下坡路朝湖边走去,它在湖冰快消失的地方才停下来。母鹿的毛呈灰棕色,那是鹿到了冬季时身上的颜色。但是在昏暗的暮色中,在一片雪白的冰雪的背景映衬下,母鹿的轮廓是一个漆黑的剪影。从鹿的身上,艾伦看到了大湖所呈现出的一切的总和:森林,候鸟迁徙的路线,以及一年前他和爸爸度过的日子。不管怎么样,他得继续生活。艾伦吃喝用度尽可能地节省,他尽可能从大湖以及周边的乡野获取他生活所需要的东西。虽然他竭尽全力,但是靠兽皮所得的现金收入这一最根本的经济来源,弥补不了购买日常生活必需品的开支。但凡打鸟的猎人们重新回来,他的日子就会好过起来。但是很显然,在这种天气里,猎人们是不会来的。

艾伦闷闷不乐地转过身去,"阿飙,我们回去吧。"

他们一起回到了屋子里。炉子烧得正旺,温暖人心的热量传遍了房间。艾伦在给茶壶灌水,此时阿飙在离炉子有一些距离的墙边蜷缩起来。艾伦往碟子里倒上满满一份狗粮,又从茶壶里倒出些温水,搅拌后送去喂食。这只体形硕大的杂种狗安安静静地吃着,样子很斯文,吃完后就睡觉去了。艾伦开始准备自己的晚餐:猪排骨、土豆、罐装胡萝卜,还有咖啡。

艾伦一边用一把叉子翻动着猪排骨,一边在脑子里计算着他当天的开销。他希望在这个冬季通过狩猎可以赚到一笔钱。这样在爸爸获释之前,他可以把生活安排得很好。不过,一旦比尔·马利从莱西维尔回来后,发现托伦斯一家完全断了他

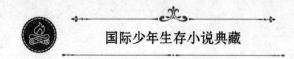

们家的财路时,会有什么样的情况发生呢?

阿飙站起身,轻轻地走到门边,充满期待地站在门前。犹豫了一阵子之后,艾伦放它出去了。艾伦突然感到垂头丧气。记忆中的情景还栩栩如生——这条狗因为要捕猎求生,即便侧身嵌着三厘米见方的金属块,还是把那只尖翅绿头鸭衔了回来。虽然阿飙被称为流浪的疯狗,但是幸运之神跟随着它一起降临到艾伦家的大湖边,是否也意味着当它离去时,幸运也就跟着溜走了呢?

一小时后,阿飙在门边发出轻轻的低吠声,艾伦高兴地站起来,让它进到屋里。原来这条大狗刚才并不是想逃走,它只是想去外面闲逛一阵子。艾伦在门外头站了一会儿,从变化不定的风向以及升高的气温上,他知道明天也许还有更大的雪。无论是否下雪,他都得出门捕猎去。阿飙在远处的墙根旁摊开四腿躺着。艾伦吹灭油灯上床睡觉。待到次日,在熹微的晨光中醒来,艾伦感觉像只睡了几分钟似的。他懒洋洋地躺在床上,感受到室外那支配着一切的无比宁静。没有丝毫的风,看来昨晚要下雪的种种迹象即将变为现实。

艾伦从床上一跃而起,他点上灯。阿飙站起身看着他,没有朝他靠近。艾伦拨了拨炉子里的灰,把引火的东西扔上去,他打算给阿飙再准备一碗吃的东西。昨天买的一百磅的狗粮看上去不少,够一条狗吃上很长的一段时间。虽然阿飙体形硕大,它吃得其实很少。喂完阿飙后,艾伦给自己搅了一碗烙饼用的面糊。他一边把面团丢到煎饼用的浅锅里,一边想着下一步该怎么办。

在往北的森林沼泽地带，他设下了捕捉山猫、丛林狼、狐狸和貂的捕兽夹。他该不该冒险把阿飙也带上呢？要是这条狗身体健壮的话，艾伦是不会犹豫的，可是阿飙受过伤。艾伦坐下来吃饭，他还没有打定主意下一步该怎么办。吃完早饭，艾伦洗好碗碟，走到屋外。

暗淡的晨曦从铺满云彩的天空中偷偷露出脸来，眼前是一个让人喘不过气来的世界。天气变得暖和，尽管艾伦少穿了一件夹克，但他并不觉得很冷。四下连一丝风都没有，就要下雪了。艾伦从相对开阔的没有树木的乡间走过。与乡间的雪堆数量相比，户外森林里被风吹积的雪堆要少很多。

艾伦回到房间里整理工具箱，拿了一把别在腰带刀鞘里的短柄斧。至于小折刀，他更喜欢带上有三个折叠刀头的那一把。他还带了一个锥子、一把起子、一把罐头刀和一把剪刀，工具箱里配备了一个很实用的小工具盒。他没有把背篓带上。如果把猎物带回家，那它们到家后基本都被冻住了，剥皮前必须先化冻。所以，艾伦喜欢在斩获猎物的现场剥皮，毛皮很容易携带。艾伦还制作了两份三明治。他先用蜡纸将三明治裹起来，再在外面包上报纸，然后扔到狩猎夹克后面的大口袋里。最后，他扣好一只内袋的纽扣，拿上必不可少的附带用品——一截装着火柴的不漏水的管子。一切准备就绪之后，他戴好羊毛帽，把雪地靴挂在肩膀上，让阿飙跟在身边，踩着湖冰直接上路了。

天气暖得让人几乎受不了，于是艾伦敞开夹克，把帽子推到脑瓜的后面去。不过昨天的严寒让湖面冻得结结实实，上面

也许都可以安全地行驶一辆卡车。天大亮之后,浓云四起,漫天翻滚,预示着一场大雪的到来。不过,还看不出有极端的雪暴天气的迹象。

阿飙走在艾伦右边,离他三英尺远。尽管它走起路来一瘸一拐,但是已看不出枪伤的妨碍。他们走过湖面,来到森林的边缘。冷杉溪的源头是那上千股暗藏的泉水与渗流,它们在这里注入大湖。在雨季,溪水常常漫延开来,淹没两岸。像今年这样早来的严寒,整条小溪在高水位时被冻住了。当溪水降到正常水位时,在一些地方,冷杉溪的溪面和冰底层之间会有三英尺的落差。因此,这条小溪现在成了冰川峡谷与河床的迷宫。

在湖岸边四处觅食的貂,总爱走到冷杉溪一块悬着的突出的岩石下面,因为那里是雪和冰永远够不着的地方。捕兽夹被冰雪掩盖住或是被冻住,变成一个看不见的完美装置。艾伦此前在那里安放过一只捕兽夹,捕兽夹上有一根不完美的牵拉绳——留在绳上的不过是一只拉环以及固定拉环的软线而已。在更远处的雪地里,留下了一只被捕兽夹夹住腿的貂走过的十分清晰的痕迹。痕迹一直延伸到冰层下面的一条窄窄的裂缝处才消失。

艾伦自言自语起来。失去一张值钱的貂皮是挺倒霉的事,但是想到一只被捕兽夹夹住脚的貂在冰下痛苦地慢慢死去更是糟糕得多。貂当然有可能已经掉到水里去了,如果真是这样,那么在捕兽夹自重力的作用下,它肯定会沉到水底淹死。但是也有一种可能性,貂没有被淹死;貂强大的生命力令人难以置信。它会在很长一段时间之后被饿死,单凭捕兽夹是绝不

可能置它于死地的。

艾伦突然注意到阿飙不在自己的身边，它离自己大约有二十英尺远，在冷杉溪的冰面上。它在专心致志地嗅着那里的一处裂缝。艾伦惊讶地看着它。他看到过阿飙衔回鸭子，但是没想过阿飙也能捕到貂。不管怎样，阿飙是一条杂种狗，并不是纯种狗。这样的狗在活动性上有混合倾向表现的极其少有。如果是那样的话，那它就是一条真正不同寻常的狗。

艾伦走到阿飙身边，双手双膝落地，把鼻子也放到狗闻过的那条裂缝上。虽然微弱，但是毫无疑问，裂缝里散发出一股浓烈的麝香味，这是与众不同的标志——一只被激怒的，亢奋的，或是受惊的貂走过的痕迹。阿飙肯定是在追踪这只貂。如果这样继续找下去，他们极有可能找到它。

"好样的，阿飙！"艾伦鼓励地说，"我们来抓住它！"

拾猎犬慢慢走到冰上去，突然转弯去闻远处的一个裂缝，这个裂缝与附近的一个裂缝交叉，拾猎犬仔仔细细地查看着裂缝。艾伦观察着，大惑不解。阿飙这种没有目标地乱跑和闻嗅不可能有什么结果的。接着，他忽然明白了。貂的气味不可能穿透冰层，它只可能穿过大小裂缝。阿飙仔细地察看着一道道裂缝。艾伦落在了后面，让阿飙独自进行搜寻工作。

搜寻的过程必定是缓慢的，因为在冷杉溪上下游的延伸河段估计有一百处大小不一的裂口。从微小的裂隙、小洞，到能容得下阿飙探下整个脑袋的大裂口都有。不过，搜寻工作令艾伦着迷。他看着阿飙探寻貂所走过的线路，忘记了时间的流逝。最终，这条大狗在一处两英寸①宽的裂缝上面停了下来。艾

伦在狗的身旁俯下身,他看到一只筋疲力尽的貂,待在几英尺下方的一处岩礁上。捕兽夹最后被障碍物卡住,貂已是寸步难行。

艾伦拔出左轮手枪,瞄准貂开了一枪,貂瘫软下去。艾伦用短柄斧扩张裂缝,最终从岩礁上抓住了一只皮毛为深色的上等貂。

艾伦如此兴致勃勃地观察着阿飙捕貂。当他站起身时,他才意识到暴风雪即将来临。风力增强了,浓云涌聚低垂,仿佛要让地球不能呼吸。漫天大雪飞旋疾走。艾伦看表后才知道还没到正午,周围的环境却有一种日暮时分的感觉。

"快点,阿飙!"艾伦用命令的口气说。

在确认阿飙跟在自己身边之后,艾伦转身朝森林跑去。

---

①1英寸≈2.54厘米。

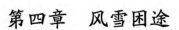

第四章　风雪困途

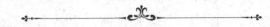

艾伦越过冰面朝森林跑去,他与心中的恐惧做着斗争。森林的边缘线本该在雪地的背景下被映衬得非常清晰，可现在变得几乎模糊不清了。艾伦所看到的并不是一棵棵树木根根分明的森林，而是一个消失在漫天飞旋的雪花背后的模糊的整体。

　　暴雪似乎是静悄悄地突然出现在他面前的，没有任何警告,不过艾伦知道这是因为他心不在焉,如果他不是那么专心地看阿飙捕貂的话,他本该意识到一场暴风雪即将来临。

　　现在回家已经来不及了。眨眼之间，大风夹着雪花怒号起来。要是在冰面上遇到这样的大雪的话,他连任何地标性建筑都会看不见;他将原地打转，直到累得筋疲力尽。艾伦唯一的希望是守在这片森林里，他可以在遮挡物的庇护下等风雪停下来。冬天到来之前,他曾经在野外宿营过,不但安全而且还很舒适。他告诉自己，这次与以往有所不同的只是遇上了雪暴天气。

　　艾伦迅速离开冰面，阿飙跟在他身边,他们陷入厚度齐膝的雪地里。他们从冷杉溪沿岸一排柳树丛中闯出一条路来，接着钻进了一片灌木茂密的铁杉林，这片林子降服了风雪的淫

威。他四下环顾,考虑着下一步该干什么,他打量起那条狗来。

在昏暗之中,阿飙变成一个影子,它臀部落地坐着,身体微微倒向一边,定定地看着艾伦。艾伦没来由得想起他曾在某本登载惊险故事的杂志中看到的画面:暮色中的一只黑豹,它的身体与周围的暗色是如此协调,让黑暗成了它的一部分。当黑豹思量着下一个要迈出的动作时,它炯炯有神的黄色双眼虎视眈眈。

艾伦觉得不舒服。这条狗并没有要威胁他的意思,却以同样的方式目不转睛地打量着他。他怎么也摆脱不了那条狗在揣摩自己心思的感觉。艾伦感觉到那条狗在刻意地等待着,它要看看艾伦下一步会做出什么样的打算。

艾伦从阿飙身上收回眼神,把雪地靴从肩上甩下来,将其中的一只竖着插在雪地里,并用另一只开始挖起雪来。他动作麻利地用挖出的雪在自己周围筑起一堵墙。同时,他需要十分谨慎——断枝或者树桩会弄破他的靴子。所幸艾伦没有遇到这些障碍物,当雪地靴的尖头扫过铁杉树下又软又厚的针叶层时,他拓宽洞口,挖出一个四英尺见方的洞坑。艾伦迅速地扫了阿飙一眼,又回过头去。

艾伦此刻确定阿飙是真的在观察自己,它的确想知道他打算怎么做。突然之间,他感到自己与这个大家伙之间有一种温暖的唇齿相依的关系。

艾伦把雪地靴靠在洞坑的侧壁上,又在雪地里开辟出一条路,通向最近的一棵铁杉。艾伦俯下身,用手在树干上上下摸索。像这样密集生长的四季常青的低矮植物,在其根部位置上常有枯死的树丫。发现这些枯死的树丫后,他将其一一折断并裹入放在雪地上的夹克里。为了拾到更多的柴火,他陷进更远处的厚厚积雪里。

艾伦并不想把那些树都砍掉用来堆在洞坑旁,因为它们可以帮着阻挡飞雪,让风缓和下来。不过,现在他看到了一棵可以砍伐的树。那是一棵离他很近的枯死的矮树,它的朽枝缠绕着铁杉的青枝丫。他打算用短柄斧砍下它。艾伦背靠着那根青枝丫,左腿踩进雪地里以保持平衡,右腿放在枯树上,向前蹬过去。等枯树弹回来后,他接着再蹬,并逐渐加快摇晃的节奏。每蹬一下,都让枯树朝前倒去一些。过了一会儿,枯树咔嚓一声折断了,倒在了雪地上。

艾伦把树拖回到洞坑旁边,用斧头的背把容易折断的树丫从树干上敲下来。接着,他从树干上砍下十八英寸长的一截,把剩下的树干的一端搭在上面。他跳起来,靠自重把余下的那都分树干截成合适的长度。

艾伦把裹在夹克里的小树丫铺在他挖的洞坑底部,接着穿好夹克。他跪在地上,揭下裹在三明治外面的一层纸,接着在这层纸上铺上枯死的小树丫。小树丫的长度不超过火柴棒。接着,他又小心翼翼地在上面添上稍大块的柴火。然后,他解开夹克的纽扣,展开左前襟挡着风。他擦着火柴,点着报纸。报纸烧了起来。火焰从小树丫的中间噼噼啪啪地蹿上来,并蔓延到稍大块的柴火那里。艾伦把剩下的枯树添加进去,跳跃的火焰在昏暗的天空下照出一片明亮的空间来。

艾伦沿着他已经开辟出来的那条小道行走——这条路现

在已经被雪覆盖了——他回到砍伐枯树的那个地方，回过头来看那堆火。扭头往身后看时，透过漫天飞旋的雪花的帷幔，那堆火呈现着暗淡的辉光。艾伦砍下另一棵树，拖回到洞坑里。他把树劈成柴火，接着又再次出发。

以火堆为圆心，艾伦拾柴火的活动半径看上去像车轮的辐条。但他从不走到看不见火堆的地方中去。在看得见火堆的范围之内，他尽可能走得更远一些。他用斧头把树枝砍下剁碎，把新鲜的绿树枝铺在洞坑的底部。又把树干立起来靠在围着他的雪墙上，以备之后用。

大风雪达到了高潮，雪片铺天盖地地倾泻下来。艾伦忙着收集柴火，以保证火堆不至于熄灭，他没留意到时间的流逝。他估计整个白天快要过去了。不过，当他把手表斜对着火光，以便看清表盘的时候，他发现现在才下午三点半钟。

艾伦在火堆旁安顿下来，观察着自己所处的形势。像这样的大风雪很少有持续二十四个小时以上的。但历史上也有肆虐三天，甚至一个星期之久的暴风雪。艾伦明白，要是这场风雪也耗上那么久的话，他就真的遇上麻烦了。他有柴火，有遮风的雪墙，但是除了两块三明治之外，他没有其他的食物。

尽管如此，艾伦还是很镇静，在比佛湖泽地带生活就是这样。边鄙小境，冷落荒凉，一副原生态的景象，时而变成险象环生之地。不过，即使身处险境，艾伦还是热爱这片土地。这里有一种最本质的东西，它与那种精心安排过的生活方式毫不相干——过那种生活的人，对自己在任何一天当中该干什么再也熟悉不过。这里是野鸭、野鹅和鹿群生活的田园。鱼儿在冰

下嬉戏,狗在火堆旁边欢跳,崇尚户外运动的健将们每年都来此垂钓、狩猎。当艾伦坐在火堆旁时,他意识到那些猎人抓到的鱼也好,装在袋子里的水鸟也好,不过是诱使猎人来捕猎的一部分原因,最主要的还是因为他们厌倦了那种看起来舒适惬意却一成不变的生活。艾伦完全懂得这些道理,因为他自己就无法离开比佛湖泽地带。他天生就在朴质的大自然的怀抱里长大,离开那些本真的东西,他就没法生活下去。

艾伦借着火光剥下貂皮,把柔软的皮毛扔到夹克里。他凝视着去了内脏的畜体,最终决定把貂肉扔到远处的雪地里。那至多不过是几两肉,弥散着令人恶心的麝香味。即便是阿飙都不想尝上一口。

阿飙躺在地上,头枕着脚爪,眼睛一眨不眨地盯着火堆看。艾伦的笑容一闪而过。其他的狗几乎都会迫不及待地挤过来,指望着主人对它的抚慰。阿飙对环境的适应性有如一只狼,把狼的特色发挥到了极致。除了靠自己,这条狗没有指望其他人的想法。艾伦认为自己绝不可能以暴打的方式使阿飙屈服就范。不过艾伦也认为,要是他运气够好,终将赢得这条大狗的信任的话,他将得到它全部的忠诚。

艾伦的思绪回到现实,眼下暴风雪依旧是他最大的敌人。他从口袋里拿出那把折刀,打开收纳在刀把里的钳子,把捉住那只貂的捕兽夹上的链条剪断,把链条的尾环弯成一只钩子。艾伦收起钳子,打开锉刀,在钩子上锉出一个尖尖来。接着,他解下皮带,把皮带分割成薄薄的长条,并把那些长条连接成一根六英尺的皮绳。他在指间拉拽这根皮绳,测试它的牢固程度。

在确认皮绳足够牢固后，他将一端牢固地系在捕兽夹的链条上。

接着，艾伦脱下鹿皮靴，撕下两只羊毛袜的表层面料，又借着火光弯腰忙起来。他将锉刀扎进袜子，并仔细地把纱线拆散。这是一项缓慢而乏味的工作。不过，眼下他也没有可去的地方，有的是时间。

艾伦将一股股纱线连接起来，卷成一个线球，塞进了口袋里。他有一个计划，要是能够达到预期，不管风雪天气还会持续多久，他和阿飙都能够坚持到底。现在，夜幕降临了。除了坐等天明，他什么也干不了。

艾伦从口袋里拿出一块三明治，切成两半。

"开饭了，阿飙！"艾伦递给阿飙半块三明治。

那条狗站起身，走到火堆跟前来，接受了馈赠，吃掉了那半块三明治，接着又回到它原先睡着的地方躺下来。艾伦一边嚼着半块三明治，一边对着跳跃的火焰看得出神。

虽然艾伦深陷绝境，他倒也不觉得全是坏事。平日那些微不足道的忧虑现在远在天边，无关紧要。这个世界是由他本人、他的狗、篝火，还有将他们困在路上的大风雪所组成的。受困于风雪中的俘虏，和阶下囚还是完全不一样。艾伦想起他的爸爸，有很多次他的爸爸都被困在这样的风雪中。相比莱西维尔的监狱，爸爸肯定更愿意被困在这样的环境里。

艾伦将头靠在屈起的膝盖上打着瞌睡，直到他被冻醒。那堆篝火减弱为一堆燃烧的火炭，看上去似乎在以某种方式与暴风雪抗争。艾伦站起身，往火里添了些柴。他一时兴起，就和

阿飙把剩下的一块三明治也分着吃了。现在他完全没有东西吃了,不过他仍未太担心。他坐下来打盹,直到寒冷再次将他唤醒。

到了第二天上午,与其说这是上午,不如说更像是夜色淡了一些的"晚上"。被风吹送着的雪花还在急速下坠,艾伦只能看清楚二十五英尺范围内的树。在洞坑四周,艾伦筑起的雪墙上又积了十英寸厚的新雪,这可不是好兆头。

阿飙站起身来抖掉了黑毛上的积雪,满怀期望地等待着。艾伦爬起来伸了伸懒腰,准备将昨晚想好的计划付诸行动。

像这样的暴雪常常来自西北方向。有时它伴着强风一路而下,刚好掠过位于东南方向的冷杉溪。篝火熊熊燃烧,跳动的火焰融化了雪墙。艾伦确信暴风雪还会继续。他把一块脚板大小的木头放进夹克的猎物袋里,系好雪地靴的鞋带,拾起貂肉,跟阿飙一起沿着自己开辟出的小道出发,朝小溪走去。

每走出几步,艾伦就回过头来看一下。走到离火堆三十英尺开外时,他还能很清晰地看到它。他把事先准备好的纱线球的一端系在一棵树上,把纱线一点点抽出来。他慢慢地移动着脚步,怕弄断了纱线。冷杉溪沿岸的垂柳枝梢,在艾伦的雪地靴下弯曲着。接着,他走到了小溪冻结的水面上。

艾伦把纱线尾端固定在他随身带着的那块木头上。他解下雪地靴,把那块木头放在其中一只靴子里面,用另一只雪地靴有条不紊地在雪地里刨着。他刨得并不快,甚至都没有把雪块挖出来的意思。因为雪地靴是他的救命鞋,他不敢弄破它。等挖到冰层时,艾伦开始拓宽冰窟窿,方便将手伸进去作业。

艾伦拔出斧头跪下来,在冰上砍出痕迹,还要防止被溅起的冰屑击中脸。阿飙非常感兴趣地看着他。二十分钟之后,他终于移开了一块八英寸厚、一英尺见方的冰块。冷杉溪的溪流从这个冰窟窿里和缓流出。

艾伦从这个窟窿里能看到砂质的溪底,因为此处的水只有两三英尺深。过了一会儿,一群鳞光闪闪的鲦鱼快速游了过去。接着,艾伦看到一层薄薄的泥沙,那只可能是一股受到扰动的逆流所带起来的。他交叉手指,做了个祈祷好运的手势。

艾伦从口袋里拿出链条和皮绳,把一块貂肉串在临时制作的钩子上,并朝冰窟窿里投了下去。他把皮绳松松地缠绕在手腕上,安安静静地坐着。狩猎时,并非时刻需要雷厉风行,有时反而欲速不达。

大约十分钟后,皮绳就像是自己做出了判断,开始滑到水下去了。艾伦顺其自然,他知道自己目前为止所有的行动都是正确的。小鱼在这些浅水域里找到了它们的港湾。在多数情况下,冬天的大梭子鱼又饥饿又贪婪,它们正在捕食那些小鱼。一只梭子鱼已经咬钩了,艾伦的任何一个动作都不能有丝毫差错。艾伦担心钩子的质量。首先,那玩意太小了;其次,它上面没有倒钩装置。

艾伦最大限度地放开皮绳,然后猛地往回拉。瞬间的阻碍感告诉他,有猎物上钩了。但要是他不小心或是用力过猛的话,猎物还是有可能脱钩的。艾伦拽着皮绳不放,皮绳松弛的时候,他就收紧它,好让鱼儿在一阵阵拼死挣扎中耗尽体力。然后,他一寸地收拢皮绳,让猎物浮到他砍出的那个冰窟窿

里面来。十五分钟后,他从冰窟窿里拉出一条大梭子鱼。

艾伦满意地坐着,高兴得无法移动身体。暴风雪的来临和他之前的躲藏,仿佛都发生在很久以前似的。他胜利了。

"阿飘,现在我们要开吃了!"艾伦冲着狗说。

艾伦穿好雪地靴,把梭子鱼甩到肩膀上,他拾起那根缠绕着纱线的木头,又沿着纱线返回到火堆。雪还在飞旋,风还在刮,不过现在这些对他都不构成威胁了。他耐心地等待这场暴风雪过去,然后回家。

他重新生好火,又切下梭子鱼的头,将鱼开膛破肚清理干净。他留下鱼的内脏,如果他还得去捕鱼的话,以同类为食的梭子鱼,会像咬其他任何东西一样,轻易咬食内脏然后上钩。艾伦从鱼的背脊朝下切片,把白花花的鱼肉从椎骨上剔下来。

阿飘闻到了鱼的味道,站起身来绕着火堆走着,用肩部轻轻地蹭了蹭艾伦的大腿,并伸出舌头在艾伦的脸颊上舔了几下。当艾伦用手搓揉起它的一双耳朵时,那条大狗高兴地摇起尾巴——这是它认定艾伦是它的主人的表现。

暴风雪当夜便停歇了。

第五章　训练阿飙

站在被雪覆盖的湖面上，离家还有一小段距离，艾伦停下脚步，朝自家的房子看去。被严冬笼罩着的沿湖岸边，橡树、枫树和桦树倚靠着被风吹积而成的雪堆，显得又黑又冷。针叶密集的松树和铁杉的枝条将雪花片片拦住，使雪花无法从间隙里坠落，出现偶尔才能见到的绿树枝。树上的积雪在自身重力的作用下都坠落到了地面上。

马利家的房子的三角形屋顶上，也被吹积成了雪堆，窗户的外面都积了一层雪褥。这倒是一桩好事——雪像这样堆在上面形成了一道天然的保温层，对屋子起到了保温的作用。那些窗户不能打开并不妨碍什么，反正那些放双层床的房间艾伦从来也用不上。但是入口处的门廊也被雪堆满了，除非用铲子将它清除干净，否则他们无法进屋。艾伦叹了口气。

艾伦转过身去看自己走过的路时，阿飙亲热地摇着尾巴。艾伦看着那条大狗，眼神中满是喜爱。他仍沉溺在想象中——阿飙的确曾吹毛求疵地观察过自己，又因为自己面对危机的方式，阿飙已经认定自己是它值得跟随的主人。在第二个风雪之夜，阿飙甚至横卧在他的脚上睡觉，帮他焐脚取暖，比起第一夜时过得舒服多了。

　　艾伦看着他的雪地靴踩出的脚印，那是白皑皑的雪地上唯一的痕迹。在以往的冬天，他会在积雪厚达四英寸的初雪之后的地面上踏出一条足迹。当新雪降下时，他就把它踩下去，天晴的日子里就会留下一条坚硬的小道，这样他就不用经常穿雪地靴。不过，今年的冬天非同寻常。从铁杉林那里开始，他一路都在厚厚的积雪中跋涉，两英里多的路差不多花去他三个小时。他还不得不停下来等他的狗，这也占去一部分时间。虽是沿着艾伦的雪地靴的足印迈进，但阿飙经常越出正道，接下来又不得不用脚爪刨着爬回到踩实的小道上来。

　　艾伦用他戴着连指手套的手搓揉着阿飙的两只耳朵。

　　"来吧！"艾伦说，"事情没有那么简单，不会有哪个善良的小精灵会为我们打开那扇门的，还得靠我们自己。"

　　艾伦前往屋后的一间工具棚。房子和工具棚都是艾伦的祖父盖的。显然，他的祖父在建造工具棚之前，观察过冬季的盛行风，并因此做出了规划和设计。工具棚的大门开在朝南一侧，当风在工具棚周围嘶吼时，建筑物本身在南边一侧就营造出一个安全的环境。那里有一个五英尺高的雪堆，离门六英尺远，在雪堆和工具棚之间几乎没有积雪。艾伦拿上一把锹，穿着雪地靴返回到门廊。

　　雪未曾融化过，冻出了坚硬的雪皮。风猛烈地把表面的积雪吹散，形成固结的雪块。艾伦用锹切开雪块，并把雪块搬走。他切割着雪块，并把它们堆叠在西北侧。要是遇上大风雪天气的话，那堆雪就能帮着阻挡一下，防止门廊处再被积雪堆得满满的。

　　门廊前被清理出一块空地后,艾伦就脱下他的雪地靴,把两只靴子竖着插在雪里。经过雪地里的跋涉,又加上枪伤,阿飙身体虚弱;现在它在艾伦的旁边蜷缩着,看艾伦继续干活。艾伦把锹扬得与肩膀同高,拍打门廊上的积雪。一小时后,艾伦终于能进屋了,阿飙脚步很轻地走在他的身后。

　　很早以前,艾伦的爸爸就告诉过他,储备足够的木柴很重要;和平时一样,艾伦在出门之前已经把用来装木柴的那只盒子填满了。现在,他把刨花添到取暖炉里,引火点燃炉子。当引火柴发出火光时, 他添加大块的木头, 调节炉子进气口的大小。艾伦拿起最大的咖啡壶走到室外,装了满满一壶雪,放到取暖炉上去加热。他撕去猪肉黄豆罐头上的标签,把罐头盒丢进热水里加热。阿飙关切地注视着他, 但不再是以冷漠的态度。阿飙看上去对艾伦做的每一件事都很好奇,时不时用力摇晃着尾巴。当艾伦蹲伏在火堆旁的时候, 他找到了内心的平静, 任凭暴风雪在他家周围肆虐。艾伦的忧虑看上去少了很多。他不再是孤身一人,有阿飙在他的身边,他感觉没有什么事情是不能实现的。当咖啡壶里的水开始沸腾冒泡时,艾伦用一把钳子从热水中取出猪肉黄豆罐头。他在罐头盒上打了一个孔,让蒸汽跑出来,并将一把咖啡倒进壶里。在等待咖啡煮开的同时,他给阿飙拌了一碟食物。接着,他打开黄豆罐头,又将浓浓的滚烫咖啡倒入一个杯子里。艾伦直接从罐头里取出猪肉和黄豆来吃,大口喝着黑咖啡,就好像他从来没有品尝过如此美味的东西。伴着肆虐的暴风雪,在明火上烧烤没有抹盐的鱼也是一件浪漫的事情。尽管艾伦在吃这顿饭时一点儿也

不斯文，但是这种在经历，一番周折之后才能得到享受给这顿饭平添了香味。吃完猪肉和黄豆，艾伦又喝了两杯咖啡，觉得自己有力气可以再去工作了。

有很多事情要做，手头的任务当中，最先要做的是擦窗户。点灯的油要花钱，他负担不起。冬天里白天很短，多数时间都是昏昏暗暗，所以像现在外面那样光线充足的时间应该被利用起来。

艾伦铲走门廊处的剩雪，清出一条通往柴棚和工具棚的路，最后他开始铲除通往兽皮棚路上的积雪。到达兽皮棚后，艾伦抖掉门搭扣上的积雪。

推开门，他发现自己之前放在这里的七张黄鼠狼的皮不见了。他转身朝家里走去，仅仅跨出了几步之后，他便停了下来。马利家已经惹了够多的麻烦了，七张黄鼠狼皮也不是一大笔钱。与其跟托伦斯家的人再吵一次，不如忘了这件事。幸运的是，兽皮棚里没有真正值钱的东西。

艾伦突然冲动地跑回家，他掀开一块松松的地板上的木条，在这根木条下面，放着他和爸爸平时存放的一点钱。他从里面拿出一只锡罐。钱还在锡罐里，原封未动。回到兽皮棚，艾伦把亮闪闪的貂皮摊放在钉皮板上，让有毛的一面朝下，这样兽皮就比较容易变干。他仔细摸着光滑的貂尾，以确保里面的骨头都已被剔除干净。艾伦捕获的动物皮毛总能卖上个好价钱。

等到他结束工作，并把堆放木柴的盒子填满时，黑夜又降临了。艾伦开始准备晚餐并吃饭，洗好碗碟之后，他高兴地回

到阿飙身边。还有事情在等着他呢。

此前,阿飙只效忠于那个叫戴尔·克劳斯曼的老头,它是否会顺从自己呢? 这条狗想要成为艾伦心目中的拾猎犬,必须学会听从他的指令,而艾伦必须温柔地对待它。用粗暴的方式来训练阿飙的话,也许会带来灾难性的后果——发生在雅各布·泽尔梅西身上的事情已经证明了这一点。

阿飙坐在离炉子有一段距离的地方, 它不太喜欢发热的地方。当艾伦走动时,阿飙的眼神一直跟随着他。艾伦跪下来,打了个响指,轻轻地说:"阿飙,到这儿来。"

这条大狗立刻站起身,轻轻地朝艾伦走去,充满期待地等着。艾伦用左手拨弄着阿飙的耳朵,过了一会儿,他将右手伸到大狗的臀部那里。阿飙回过头来看了看艾伦。

"坐下。"艾伦轻轻地说。

与此同时,他用右手轻轻地按压它的臀部。阿飙的后半身僵硬着,它的肌肉紧张起来。艾伦知道,要是狗不想坐下的话,他没办法让狗坐下;它的体形很大,且力大无穷,自己没有办法强制它。它没有听从命令,眼神里一直有疑惑。但阿飙并不讨厌艾伦对它做出的动作,它只是想知道艾伦为什么要那样做。

艾伦又试了一次,同样遇到了抗拒。但是在第四次尝试的时候,阿飙好像突然明白了艾伦想让它干什么,它慢慢地朝后坐下。艾伦大声夸奖它,并给它肉吃。

"真听话! 阿飙真乖! "

阿飙的眼睛闪着光芒。它的舌头微微垂下来,嘴巴张开像是在做一个咧着嘴笑的快乐的表情。它的尾巴摇晃着。正如艾伦曾经设想的那样,当它完全服从于自己的时候,它做得是那么到位。尽管它不想摆出奴颜婢膝的样子,但它确实希望自己讨人喜欢,无论艾伦是什么意图,它只要明白了,都愿意照着去做。过了一会儿,艾伦把手从阿飙身上拿开。

"好了!"他说。

阿飙站了起来,不是因为它听懂了指令,而是因为它想起身。它闻着艾伦的手,继续摇着尾巴。当艾伦起身离开时,它紧紧地跟在后面。

过了几分钟之后,艾伦又说:"坐下!"

阿飙后半身着地坐着,但是很快又起身了。艾伦跪在地上,用左手爱抚着阿飙的耳朵,右手把它的身体往下按。艾伦又发出一个"坐下"的指令,并控制住阿飙,不让它起身,直到给出"好了"的指令。

二十分钟后,阿飙听到指令就坐下来,在听到"可以起身"之前会一直保持坐姿。艾伦越来越高兴了。他曾经见过很多聪明的狗,对任何一条上等的猎犬来说,聪明是必不可少的条件。但是在此之前,他还从来没有看到过一条狗的学习速度会这么快。一个晚上进行一项训练已经足够了。艾伦上床去睡觉,阿飙远远地避开火炉,在它喜欢的地方靠着墙根蜷起了身子。

第二天早上,天放晴了,艾伦穿好衣服,准备去打猎。他之前在野外布下了很多捕兽夹,现在得挨个巡视,他不愿意失去多挣一块钱的机会。阿飙不再一瘸一拐地走路了,也看不出疲

倦的样子,它跟在艾伦的后面,挤出门,朝工具棚走去。

艾伦脱下手套,换上挂在钩子上的那副工作时用的手套。艾伦很小心翼翼,不戴手套的话,他不会去触碰任何东西,以免这些东西沾上人的气息。他用一只小铲子把需要的东西一样样装进一只背篓,包括一卷柔软的金属线、编号为 1.5 与编号为 2 的捕兽夹各两个、一条帆布、一把旧的斧头、一卷纸巾。艾伦最后做了一个鬼脸,拿起一只带盖的瓶子。瓶子里的物质发出狐狸身上的气味,它含有鱼油、蓖麻油、茴香油,还有各种各样其他的东西。至于准确的配方及精确的称量,都是由艾伦的爸爸和祖父操作的。你可以用恶臭来形容这种味道,不过狐狸和土狼却觉得这种味道极为诱人。

艾伦在心里面又数了一遍,看看自己是否忘记了带什么东西。在确信没有忘记带什么之后,他把那一瓶散发着特有味道的油放进背篓,接着把背篓的肩带挎到膀子上。为了除掉背篓里各种各样的东西以及背篓本身和艾伦的手套的气味,它们在一个中空的树桩里被搁置了三个月;然后又被放进一只装着三只狐狸的笼子里,让狐狸身上的气味渗到那些东西里面去;最后被单独储存在工具棚里,直到用的时候再取出来。捕猎是一项艰难的工作,与在冬季厚厚的雪地里捕猎相比,在秋天获取动物的皮毛显得非常轻松。

艾伦沿着他自己开辟的小道经过湖面,返回冷杉溪的河口。因为有了此前留下的足迹,跟昨天在路上的艰难跋涉相比,这一路上要轻松愉快得多。阿飙跟在他的后面,也像是很有经验似的,很少给艾伦添麻烦。艾伦不时回头看看它,并说

些鼓励的话,不过他并没有伸手去碰那条大狗,因为他不想在手套上留下不一样的气味。

在阳光的照射下,霜的冰晶微微发亮。艾伦扭过脸去,避免风直接吹在他的面颊上。出门前要是记得看看温度计就好了。他估计现在的温度在零下二十五摄氏度。

在冷杉溪河口,艾伦离开被踩实的小路,踏着完整无缺的雪褥,朝着那块悬着的突出的岩艰难走去。貂在岩石的下面来来往往。在他赶到那里之前,他转过身对阿飙发令。

"坐下!"他说。

那条大狗立刻坐在原地不动,艾伦独自继续往前走。到达貂藏身于其下的岩石之后,他跪下来观察散落在岩石下方粉状的雪地里的两只貂的足迹。六英尺之外是一个小洞,很明显,貂是从这里挖掘隧道,通向被冰覆盖的冷杉溪河底的。艾伦用他预先除过气味的斧头,把突岩下方的雪和沙子刮到一边,然后从背篓里取出一个小号的捕兽夹安放好,并把它系到一块木头上,再用戴好手套的双手把沙子撒在捕兽夹上。最后,他努力让一切看上去跟最初时完全一样。他把雪还原之后返回到等待他的阿飙那里,允许它起身,接着继续走到冰面上。

突然,在没有任何预兆的情况下,他被一股力量强行向后拉去,并坐倒在地上。艾伦有那么一会儿惊讶得连动都动不了。接着,他感觉到阿飙的大脑袋伸到了他的肩膀上,艾伦的面颊迎着它呼出的热烘烘的气息。艾伦被惹恼了,为什么阿飙这样捣乱呢?他立刻转过身来训斥阿飙。

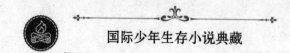

他刚一开口，溪面爆发出响亮的破裂声，能感觉得出雪陷了下去。三十秒钟之后，一大块冰面崩塌了，缓慢而幽暗的溪流映衬着白雪，十分危险。

艾伦用袖子擦着冷汗。要是他走到那块冰上的话，现在绝对掉进水里去了。这个时候，冷杉溪的水不过三英尺深，水流也算不上急。不过，要是小溪水深达十英尺或者更深的话，甚至确实有激流的话，那他的小命可就保不住了。

艾伦对危险完全没有察觉，阿飙却发现了。也是，最迟钝的狗也比最敏锐的人有更强的察觉能力。肯定有一些预兆，比如起先微弱的脆裂声，或有冰的颤动提醒了这条狗。

"谁在教我坐下呀？"艾伦微微笑了笑。

艾伦转身拐入森林，绕过破裂的冰面，鼓起勇气，朝冷杉溪的上游继续走去。比佛湖泽地带并不是没有危险，无视这些危险就是一个傻瓜。有阿飙在身边，这些风险就大大降低了。

接下来的一个捕兽夹是用来逮狐狸的，它被放在林子里头，离这儿有一段路。艾伦不得不艰难地开出一段路来，阿飙则耐心地坐在主人的近旁。探路是艰苦的劳动。艾伦一边挖，一边想起他看过的很多故事。这些故事让捕猎听起来像是一种浪漫的职业。终于，艾伦的路开到了自己曾设下捕兽夹的地方，不过捕兽夹的实际位置都在十五英寸开外。他试探着在雪地里摸索，直到找到了它。正如他所料想的那样，捕兽夹已经被冻住了。

艾伦拾起那块用来牵阻的木头，把链条系在上面，然后把捕兽夹对着一棵树狠狠砸过去。又砸了一次之后，随着一声金

属质感的咔嚓声,捕兽夹啪一下关上了。艾伦一边抓着牵阻的木头,提上捕兽夹,一边穿着雪地靴穿过森林。这一回,艾伦让阿飙坐在距离他三百英尺远的地方。艾伦穿过一片灌木林,沿路向后退了三十英尺。他铺开那条帆布,脱下雪地靴,轻手轻脚地爬到帆布上。

　　无论做什么,狐狸若能找到简单的办法的话,它们绝不会选择复杂的。在穿越这片灌木林时,与其自己新开辟出一条路,一条狐狸都会立刻选择被雪地靴踩出来的现成的道路。最初的这条路是由人和狗踩出来的,但狐狸的鼻子会准确地判断出他们是在多久之前从此经过的以及他们现在是否在场。除此之外,狐狸会一直保持非常警觉的状态。任何外来之物,或者有关捕兽夹的最细微的暗示,都会让一只没有经验的狐狸迅速绕到一边去。

　　艾伦用他预先祛过味的斧头掘出一个洞,并且非常仔细地用卷筒纸标上记号。他把捕兽夹放在纸上,然后把链条和牵阻的木头埋在雪地里,接着用更多的纸覆盖在捕兽夹上。他从香味瓶里取出那么一滴液体,滴在最上面的一层纸上。接着,又照他最初看到的那样,让雪原原本本地回复到最初的状态。返回时,他卷起帆布,回到阿飙身边。

　　艾伦的捕兽夹设置得虽说不上完美,但当雪在比佛湖泽地带落上厚厚一层的时候,这是他能够想出的最好的办法了。铺在捕兽夹上下的纸会防止捕兽夹冻上。如果艾伦没有留下别的痕迹的话,任何一条打算从雪地靴踩出的路上通过的狐狸,都会被那种香味吸引继而被捕兽夹逮住的。

　　艾伦又挖了三个洞,安置了三只捕兽夹,然后他离开冷杉溪,来到一处沼泽地。那里是群鹿越冬的地方。他看到鹿群沿着它们自己踩实的道路一路向下,朝藏身的灌木林跑去。深秋时节,他看到的每一只鹿都体形优美;显然,这些鹿获取了非常充足的食物。但是随着冬天来临,能得到的食物越来越少,所有的鹿都得挨饿。当春日高悬、雪堆融化时,在这片沼泽地上就会出现数不清的死鹿,这是由于鹿群缺少充足的食物所造成的。当鹿开始死亡时,狐狸、土狼,还有其他的食肉动物会到这样的地方来追猎,到那时候它们会吃得肥肥的。

　　人类也应该对此承担责任。艾伦痛苦地沉思着。人们太过热心地要保护那些鹿,同时又渴求获取狩猎时的快感。人们消灭了很多习惯于扑到鹿背上捕食的长着四条脚的天然猎手,也因此如愿以偿地保留了大群大群的鹿。现在,这些鹿的数量在极大程度上只受到人的控制。这导致有太多的鹿争夺可利用的空间。艾伦忽然想起他在杂志上看过的一个故事。

　　作者用栩栩如生的文字,描述着野生动物遭受屠杀时的场景。他把鹿称为"森林的无辜受害者",并痛骂拿起枪支屠杀它们的罪恶行为。艾伦真想把作者领到三月中旬前后的草场——在那时,嫩草少得可怜,鹿再也无力四处奔走——艾伦要让作者自己看看,许多"森林的无辜受难者"身上到底发生了什么。与其慢慢饿死,不如用一颗子弹让它死得更加痛快。如果人们能定期捕杀一些鹿以保持生态平衡,而不是感情用事的话,那么那些鹿原本可以不用那么痛苦地死去。

　　离开冷杉沼泽地的鹿苑,艾伦转身朝一片冷杉林走去。这

片冷杉林里的池塘从来都不上冻。成群的鳑鱼和白鲑畅游其中,貂会过来捕鱼,而艾伦来捉貂的。

艾伦来到他曾经设下捕兽夹的那个地方,疑惑地皱起了眉头。捕兽夹和那块用来牵阻的木头不见了,而且没有留下任何痕迹,看来不管逮住的是什么动物,它都是在最近的那场雪降下之前中的圈套。现场没有任何迹象能分析出猎物去了哪里,艾伦心里有点儿不痛快。动物在这种方式下逃之夭夭通常会遭受慢慢死亡的痛苦;这种良心上的不安使得艾伦希望自己能找到其他的途径挣钱,以打发日常的开销。突然,阿飙在冷杉林的外面叫了起来。艾伦急忙转身去看,他之前并没有觉察到阿飙已经离开他了。他急忙往回走,找到阿飙离去的那条路,并沿着那条路一直走到一棵枯死的冷杉那里。阿飙就坐在树底下。

原来,在八英尺高的树上蹲着一只山猫,它那一双恶狠狠的眼睛盯着阿飙,不见的那个捕兽夹夹住了它的一只前爪。那只山猫跑出这么远,直到被捕兽夹上的链条绊住。山猫和野猫跟捕兽夹纠缠不清的情况很少发生,至于原因,人们有各种各样的解释。艾伦自己的解释是猫复杂的神经系统不能承受一点点的疼痛,换成是狼的话,肯定会为挣脱捕兽夹而挣扎一番,但山猫的做法是直接爬到树上去。

艾伦拔出左轮手枪,仔细瞄准并射击,山猫被打翻到雪地上。在举枪时,艾伦也想到这有违他所秉持的狩猎理念。这只山猫是食肉动物,也许它正在鹿苑徘徊,希望猎杀到一只患病或是羸弱的鹿。

艾伦跑上前拾回他的猎物。也许整个冬天，他都不会得到比这更有价值的皮毛了，如果没有阿飙，这个极好的机会也许已经错失。艾伦感激地看着它。

"我得到了一个真正的伙伴！"艾伦一阵欢欣，"我确实非常富有！"

第六章　大梭子鱼

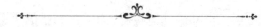

阿飘挨着墙壁睡在它喜欢的位置上。它正做着一个快乐的梦,似乎有什么好事正在它的梦中上演,它的脚爪抽动了几下。艾伦用指尖在结了霜的窗玻璃上搓出一个可以看到外面的区域,他看了看挂在外面的温度计,上面显示的温度是零下九摄氏度。

这个冬天漫长而寒冷,绝大多数时候都是乌云漫天,连续三天没出现过暴风雪的情况几乎不存在。还有差不多两个星期的时间,最低温度跌到零下五十摄氏度,最高温度则不超过零下二十摄氏度。北风整日地吹着,为了让捕猎的道路畅通,艾伦得与风雪天气努力抗争。

鹿成群地死亡。那些平时靠游猎获取食物的食肉动物们都放弃了追猎,转而靠吃这些可怜的动物的尸体过活。白尾灰兔和北美野兔在洞穴外冒险,嘴里咬着它们能找到的一切东西。这些兔子纷纷落入从北极南下的铺天盖地的雪鸮的利爪中。只有山雀们看上去快乐无忧,它们蓬起羽毛对抗着严寒,在雪堆上的柳树附近轻快地飞翔,不停地鸣唱,而且总是那么欢快。它们歌颂着和煦的阳光,歌颂着不再遥远的春光。

艾伦走到桌旁坐下,开始研究那本折了页,用来记账目的笔记本。阿飙抬起头,一双困倦的眼睛闪动着。像这样一个令人难以忍受的严酷的冬天,他获得的兽皮本该微乎其微。但是,笔记本却让他相信:他已经捕获了 52 只狐狸、11 只丛林狼、3 只山猫、33 只貂、69 只鼬鼠。这要比他在任何一个气候温和的冬季收获的皮毛都多;而在温和的冬季,狩猎的条件要远远胜过当前。艾伦一边一页页地翻着,一边回想自己是如何做到的。

这跟阿飙有直接的关系,它起了极大的作用。这条大狗对气味极为敏感,此外,它还有强大的捕猎本能以及了不起的聪明才智。有好多次,或是一些秘密隐蔽的兽穴,或是小路,或是动物,艾伦对它们毫无察觉,本要错过的时候,是阿飙发现了它们。有两只山猫没被捕兽夹夹住,阿飙在艾伦赶到之前,把它们撵上树,堵住它们的去路。每一只从捕兽夹中逃走的野兽,也都逃不过它的鼻子。从阿飙第一次捕猎开始,它就没有失手过。他们辗转于厚厚的积雪中,阿飙曾追获过 7 只狐狸。

在为数不多的几次训练中,阿飙掌握并且愿意服从"坐下""趴下""快追""留下"等基本口令。阿飙也曾落入捕兽夹,见识过捕兽夹的厉害。当它被夹子夹住时,它并没有像很多狗那样惊慌失措,而是耐心地等着艾伦来救它。但当艾伦想把项圈套在它的脖子上时,它反抗了,它不想有任何形式的束缚。

实际上,它也不需要任何束缚。艾伦想起第一次把阿飙留在家里时的情景。那时,他去蒂洛森采购一些生活用品,顺便去莱西维尔看望父亲,只能让阿飙独自待在家里,当时他还有几分担心。艾伦原以为它会一直跟着自己,可是它心满意足地

留了下来；当艾伦返回家里的时候，它睡眼惺忪地卧在门廊上。

艾伦把头枕在双手上休息，开始了美好的畅想。

他设想爸爸回来了，和托伦斯家长期不和的关系也缓和了，导入高速的支线又从乔·托伦斯家的农场越过。放着高低床的房间里挤满了猎人，他们谈话的主题并不是他们袋子里装着的猎物，而是阿飙惊人的表现。猎人们颇为欣赏这条大狗，大家都为下一个猎鸟季预定好了铺位，并且要求他们必须另外再造一座配有高低床的房子。艾伦和爸爸挣了很多很多的钱，他们可以不用再捕猎了。父子二人跟随水鸟南迁，看到了野鸭与野鹅冬天的家园。两人回到家，在冬天余下的时间，通过各种各样的尝试来拯救饥饿的鹿群。

艾伦将自己从美梦中摇醒。生活虽不是那样尽善尽美，但也有所起色。他在冬季收获的兽皮意味着钱，而有了钱就意味着他可以继续生活下去，不必动不动就去翻看地板下面的储蓄罐了。艾伦的爸爸和老伯特·托伦斯之间因打斗而滋生出了一个邪恶万分的妖孽，现在艾伦拥有了降服它的机会。

风裹挟着雪花撞在窗户上，艾伦一边听着那个声音，一边叹息着。他突然思慕起一棵棵长满树叶的大树、绿草上的阳光、开满花的燕尾草和梭鱼草。他努力让自己回到现实中来。没人能知道比佛湖泽地带的冬天还要持续多久。任何一个决定把家安在这里的人，都自然而然跟大自然签订了一纸无字合同，当冬季来临之时，他们就得无条件接受。

艾伦封好火炉，上床去睡觉，他拉过羊毛毯围住脸颊，在

风声谱写的安眠曲中睡着了。

他不知道自己是什么时候醒来的,不过夜色依然黑暗,他什么都看不清。他把毛毯推到一边,用一只胳膊肘撑起身子。此时此刻,他全身都被一种激动的情绪所调动。他竖起耳朵去听那个重复出现的声音,在睡梦中他好像也听到过这个声音。

那个声音飘散在黑暗的夜空,那是从远处传来的一种鸣叫声,萦绕在人们的心头,让人无法释怀——那是向北飞翔的野鹅的鸣唱,它代表着无拘无束的自由,它是大自然本身的轮回,是温馨的梦所发出的声响和赞歌。

艾伦陶醉在喜悦中。他听着这声音慢慢减弱直至消失,他从床上一跃而起,光着脚板从地板上走过。他猛地把门拉开,阿飙也跟了上来。在很长一段时间里,他们都沉浸在大自然捎来的消息当中——冬去春来,时节已经发生了不可思议的变化。

风向最终转成了南风。屋顶上的积雪已经开始融化,水从屋檐上滴下来。艾伦露出睡梦中的微笑,接着他弯下腰,用右臂圈起阿飙的脖子,满心欢喜。其他地方的春天或许借着番红花、知更鸟和放风筝的小孩作为先行的信使捎来讯息,但在这里,野鹅北迁,彼此之间鸣啭互答,述说着一路旅程的鸟鸣才是春天要来了的信号。

艾伦想知道爸爸是否也听到了它们的声音。

艾伦坐在门廊前台阶的低处,阿飙懒散地伸开腿脚躺在一旁。生命中一刻千金、令人向往的点滴时光,全部都是由晒晒太阳的慵懒闲散所构成的。和煦的微风吹着富于节奏变化

的涟漪,大湖波澜不惊。艾伦半睡半醒,他被这样的景色深深地吸引着。这是一个非常适合去那些岛屿上看看的好日子。不过,艾伦觉得自己此刻并不想起身。

湖中的两座岛屿都不利于柳树的生长,这些柳树每到冬季便成了嶙峋的枯树。此外,风把湖水吹溅到岛上,结成地上的一块块小冰。每年入夏,一切才能欣欣向荣起来。在那座大一点的岛的正中心有一座圆丘,或可将其称之为山顶。山顶上孤零零地生长着一棵高大的山杨。艾伦知道近看任何一座岛的话,所见不过是一片残败凋零的柳树林。那片灌木林令人生畏,没有任何吸引人的地方。但是树干上已经有绿色的新芽萌发,山杨上的嫩叶垂悬着、摇摆着。就眼前的距离看过去,那两座岛屿都带着一种柔和的美感。

艾伦出神地想,看东西时不能靠得太近。就像欣赏这两座岛屿一样,如果保持距离,他看到的就是尽善尽美的一面。艾伦为自己朴素的哲学感到好笑,他紧扣十指将双手放在脑袋后面,朝后仰去,靠在上一级的台阶上。

那些越过冬夜的野鹅且飞且鸣,它们的确证明了自己才是春天真正的早行者。随后雪融冰消,毫不迟疑。只有经过雪融后的烂泥地,艾伦才能走到他设下捕兽夹的地方收网,艾伦不禁想,野鹅是怎么知道春天的消息的呢?

就像有些人抱怨的那样,野鹅不是永远都对:艾伦曾亲耳听说过野鹅被困于暴风雪中的故事。但是野鹅确实很少犯错。在迁徙的时候,一群野鹅常常由经验丰富的老鹅或者雄鹅带路。成员当中既有老鹅,又有当季出生的幼鹅,还有一些也许

算得上是它们的孙辈。还有另外一种迁徙方式:几个家庭的老老少少结成一群,应对秋天南下春天北上的长途旅行。南飞的野鹅刚一起身,冬天的脚步随后就到了;春天跟在北飞的野鹅后面也次第归来。这些野鹅是如何预先获得天气情报的呢?

艾伦回想了一下,他记得在第一批野鹅飞过后的一整天里,都没有再出现过北去的鸟儿。然后,八只绿头鸭从天而降,它们扑棱着翅膀,徐徐减速并停了下来。它们把家安置在冰面上化开的一摊雪水里。一对针尾鸭与一群绿翅短颈野鸭曾一直跟随着它们。

随着短颈野鸭的到来,水中的冰块开始消融。

野鹅不分昼夜地在天上排着长长的"人"字形的队伍,天空中时时刻刻都回荡着它们的高鸣。它们朝着筑巢的地方赶路,很多野鹅将在加拿大北部美丽的洼地找到乐土。还有很多野鹅以及种类繁多的鸭子,想在比佛湖泽地带找到它们的家园。艾伦认为,水鸟们会沿着所有主要的路线迁徙,并在加拿大边境筑巢。

两年前,艾伦发现了一个以前从未见过的野鸭的巢穴,后经证实那是太平洋绒鸭的窝。它们的出现令人费解,因为太平洋绒鸭更喜欢在海岸边筑巢。比起飞到比佛湖泽地带偶然遇见的粉红色脚掌的野鹅、白脸的栗树鸭、巴哈马针尾鸭,还有其他非本地的水鸟来,太平洋绒鸭的出现并非更难解释。这些水禽的出现真是一个让人不解的谜。

它们是被一阵突然的狂风从正常的迁徙路线上吹落下来的吗?它们是被敌人从自己熟悉的领地上赶跑的吗?会不会有

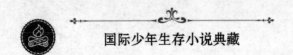

一些水禽,也像一些人那样,脑子不正常呢?这些侨居他乡的水鸟,是不是宁愿斜飞着偏离队伍,并最终降落到这里来,也不愿跟着伙伴们一起迁徙呢?还是它们是天生的冒险者,想尝试一点什么新鲜的东西?

艾伦喜欢像这样一直猜下去。任何勇于面对广阔无垠又波涛汹涌的大海的水鸟,都曾有过太多的历险经历。

当艾伦在阳光和照耀下消磨时光的时候,他忽然觉得自己很富有。这并不因为他在冬天捕获的兽皮,也不是指在这个早春里他得到的那 72 张麝鼠毛皮以及那些毛皮卖出的好价钱。更确切地说,他觉得自己像一个审视着自己宝库的国王。他自豪地认为没有一个国王像他这样拥有这么多。艾伦站起身,伸了个懒腰。

"跟我走吧。最好在国王的王冠上再添上另外一颗钻石——就是你啦。"

阿飙轻轻地走在艾伦的身边,朝湖岸边走去,那里有此他前拖到岸上的一条船。艾伦叫它"马利号"小艇,是艾伦的爸爸专门为打野鸭而设计打造的。小艇全长十英尺,首尾呈倒梯形。艇上有两个座位、一支桨,并不有配备双桨。小艇很轻,一个人能轻松地搬动。小艇吃水很浅,在最浅的水域里都可以浮起来,而且进退自如;还很容易操控,一个人就算划上一整天也绝对不会觉得累;同时它还能应对惊涛骇浪,适合在海里航行。

艾伦让小艇靠在岸边。他看着阿飙,接着脱下鞋袜以及衬衫和上身的内衣。艾伦一声招呼,阿飙便跑了过来。为了让小

艇浮起来,艾伦把它推到尽可能远的水中,阿飙也蹚着水跟在他身后。

"上船,阿飙!"艾伦发出指令。

阿飙耷拉着耳朵不解地看着艾伦。艾伦用一只手扶稳小艇,将阿飙的两只前爪举到船舷上头,又猫着腰用肩膀推顶着大狗的后臀部,把它揉进船舱。

与此同时,艾伦坚定有力地说:"别乱动!"

阿飙把四只脚爪摊得很开,好让身子站稳。它垂着耳朵,转动眼珠。狗是天生的游泳健将,可是对于在湖里泛舟,它既不熟悉也没有信心。

"坐下!"艾伦发令。

阿飙坐得太靠近船舷一侧,小艇斜着身子漂在岸边的浅滩中。艾伦把它拉回到船中间,然后小心地走到后面的划桨专座上。他轻轻地把桨浸入水中,小艇立刻就有了反应。艾伦一边警惕地看着阿飙,一边让船在湖岸边的浅水中行驶。阿飙一直摊开前腿坐着,它僵着身子,像是随时要告别这个世界似的。不过,它还是服从平时的训练,非常安静地坐着。

艾伦预见猎鸟季将在下一个冬季迫近之前出现。如果他打算和阿飙一起打鸭子的话,阿飙就必须学习如何乘坐小艇,而唯一的办法就是带着它乘坐小艇。

十分钟之后,艾伦斜着身子跳进了湖里。小艇轻得如同浮游在夏日微风中的蓟花蓬松的冠毛,随之荡漾起来。

"阿飙,你感觉怎么样?"艾伦高兴地喊着。

阿飙扭过头,稍稍移动了一下身体,仿佛有一只看不见的

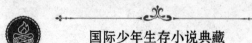

胳膊猛地把它一推,小艇翻了个底朝天。艾伦紧握着桨,把身体没入水中,然后踢着脚在水中横渡,他弯起右臂从上面钩住船身,又把桨换到右手上。阿飙朝他游去,它泡在水里的时候倒显得很高兴。艾伦发出一阵大笑。

"都怪我多嘴!要是我刚才没叫你的话,你就不会移动身体了!"

艾伦用空着的左手缠绕在阿飙脖子周围松垮的皮肤上。那条大狗一边奋力地拽着它的主人,一边拖拉着小艇朝岸边走去。艾伦在湖边把小艇横着放到双膝之上,倒空船舱里的水,并把小艇右侧朝上立起来。

"好的,"他说,"我们再试一次。"

阿飙又将小艇弄翻了两次。但是在第四次试乘小艇的时候,它悟出了摆放腿脚的姿势和保持平衡的要诀,开始享受起乘船的乐趣。打那以后,阿飙学会了左右摇摆着身体以平衡船体每一次的突然倾斜。它迎风昂首而立,用狗狗的方式得意地笑着。阿飙再次证明了它的学习能力。

艾伦对阿飙的表现很满意,他划着桨,朝冷杉溪的河口驶去。船桨在水中稍一触碰,船身就会有反应,驾驶这艘小艇就像驾驭一只精巧的独木舟那么简单。在冷杉溪上游不远处,艾伦放慢了速度,听凭小艇随风漂移。

一只野鸭站在湖对岸,那是一种喜欢自我炫耀的小动物,有着霸气的棕褐色翅膀以及可笑的扇形尾,总是趾高气扬地歪着脑袋,给人一种它才是老大的感觉。

那是一只红毛公鸭,比它的同类体形小一些,而且多半脾

气很坏。艾伦在草丛里搜寻着，在距离那只红毛公鸭的不远处，他发现一只红毛母鸭用保持不动并尽可能低地蹲伏着的方式来隐藏自己。很显然，红毛母鸭在筑巢。

艾伦愉快地观察起野鸭居家生活的一幕。尽管红毛公鸭浮夸自大，脾气也坏，但它仍然是艾伦的最爱。在野鸭家族中，只有红毛公鸭是一个例外：它们在交尾季节过后并不会独自离去，而是选择留下来守护着正在孵卵的母鸭，并抚养那些小鸭宝宝。这对红毛鸭在冷杉溪筑巢，看起来是一个好兆头。

艾伦正准备拿起船桨划船，他朝那只机警的红毛公鸭身下的浅水域看了一眼，看到一样东西——乍一看像是一根水下的原木。接着，他辨认出它的头、躯干和尾巴——那是一条巨大的梭子鱼，这让他大气都不敢出。他扭头看别处，怀疑自己看错了那条梭子鱼的尺寸，但当他再回头瞥上一眼时，他知道自己并没有看错。

体形小的红毛公鸭和母鸭为了获取孵卵期的食物，会在捕食时与外敌发生激烈的战斗，甚至不惜牺牲生命。可是就红毛公鸭的块头而论，不可能与捕食的大鱼相拼。小鸭宝宝一旦喜欢上嬉水，就会被梭子鱼猎食，连它们的爸爸妈妈也极有可能葬身鱼腹。

"伙计，我要看看我能想出个什么办法来……"他想对红毛鸭一家子出手相助。

艾伦转过身，迅速划船回家，溅起的水花飞上船头的两侧，这让阿飙乐不可支。

第七章　可恶的遭遇

艾伦躺在床上,心不在焉地听着和缓的春雨呢喃,心中充满了渴望。他每天带着"乘客"阿飙逆流而上,把船划到冷杉溪旁的红毛鸭鸟巢那里。他把钓具盒里的所有诱饵都投下去,并成功钓上了一条梭子鱼。

　　艾伦捕获的梭子鱼足够自己和阿飙吃的了,可是他想逮的大梭子鱼一条都没有上钩。鱼是没有智力的,这种看法被大家所公认,艾伦的耳朵都听出了老茧。尽管如此,艾伦还是坚定地保留了他不可动摇的观点:鱼之所以能够长大,是因为它们也很聪明。大梭子鱼就是因为太聪明了,才不会去冲撞诱饵或咬钩。

　　按照艾伦的记录,小鸭宝宝们预计会在接下来的几天之内离开它们的鸟巢。艾伦本可以不管这些事,因为他知道,每年这个季节都有成千上万的小鸭宝宝落入食肉鱼类的嘴巴里,再多这么几只也没什么稀奇的。但是它们对艾伦的意义确实又不一样。

　　很早以前,大群大群的水鸟挤满了每一条候鸟迁徙的路线。它们中的很多也会被自然界中的天敌捕食,但是对数量惊人的鸟来说,死亡数量几乎可以忽略不计。后来,人类文明出现了。现代人类借助他们所发明的精巧装置,屠杀了千百万的野鸭和野鹅,除此之外,他们还入侵了鸟类世世代代孵化和喂养它们下一代的家园。几百万英亩①的沼泽地本是它们筑巢和捕食的乐园,但这些地方都被排干了水,变成农田或者别有用途。与此同时,屠夫们的狂暴行为还在继续,以至于北美的所有水鸟一度面临着灭绝的危险。

只有几位有远见的人领悟了大自然的真实面貌。坚定不移的自然资源保护论者在与那些市侩猎户和毫无顾忌地热衷户外运动的人士的节节斗争中,最终达成了他们的目标。余下的生息之地被保护了起来。在那些曾被排干水的地方,只要有可能,沼泽地和池塘被恢复了最初的面貌。此外,官方还确立了狩猎上限的硬性指标。考虑到水鸟迁徙的习性,它们并不长期定居在哪一个省州,于是由联邦政府肩负起守护它们生息繁衍的责任。鸟群的数量逐渐恢复到一个可以让所有热爱猎鸟的人都有机会参与的平衡点。艾伦非常清楚,水鸟的盛衰在很大程度上取决于猎杀它们的人的多少。尽管艾伦可以随心所欲地猎杀鸭子而不被别人发现,但他总是严格控制自己,让自己捕猎的数目不超过法定数量的范围。假如他能拯救红毛鸭的繁衍的话,他觉得在某种意义上算是偿还了他所猎杀的其他的那些鸭子。

不过艾伦也坦率地承认,这当中另有隐情。艾伦对自己钓鱼的技术感到非常自豪,他很专业地投出诱饵,遭到那条大梭子鱼的无情嘲弄,这伤害了他的自尊。好啦,他最好明天再试一下。

①1英亩≈4046.86平方米。

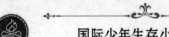

　　第二天早上,艾伦把一枚新钓钩系在钓鱼线上,让它加倍弯曲,并通过灵活地拉扯它让它变直来测试可能存在的缺陷。梭子鱼用令人害怕的牙齿武装自己。尽管艾伦用标准的钓钩也捕获了很多梭子鱼,但是他发现那样做很费力,很多鱼脱钩而去,它们把作为钓饵的肠子彻底咬断了。这次他希望自己能做到万无一失。接下来艾伦把钓钩进行分类,并且从中选择了三枚。它们都略有磨损,带有利牙撕咬后的痕迹,每一枚钩钩上都有带着原漆的条痕。最后,艾伦测试了一下鱼叉的叉尖,他注意到叉尖很锋利,适合来叉梭子鱼。

　　阿飙对乘船的喜爱发展到了近乎痴迷的程度。艾伦朝湖边走去,阿飙又蹦又跳,欢欢喜喜地跟在他的身边。那条狗急不可耐地等着主人把小艇浮起来。接着,它涉水向前,几乎没让灵敏的小艇发生晃动。阿飙跳到船头属于它自己的合适的位置上,艾伦在后排桨专座上坐下。他们出发了。

　　他们以最快的速度掠过大湖,划到冷杉溪后,艾伦放慢了船速。那些红毛鸭对他的出现已经习以为常了,它们几乎忽略了他的存在。红毛鸭为了保护自己的小鸭宝宝,现在也变得越发焦虑起来。艾伦并不希望惊吓到红毛鸭一家子,同时也不想惊动梭子鱼,他将小艇划到鸟巢的下面停下来,然后抬头看着湖岸。

　　红毛公鸭跟往常一样,一副骄傲自大的样子,它朝小艇匆匆扫了一眼,立刻又把注意力转移到自己的小家庭上。红毛母鸭的脚下簇拥着一群鸭宝宝,鸭妈妈站在鸟巢的旁边,像是在对孩子们发牢骚。艾伦试着去数那些小鸭,在确认那里有十四只小鸭子之后,他有点儿吃惊。小个头的红毛母鸭下的蛋,比

那些体形两倍于它的鸭下的蛋还要大，通常鸭子一窝只下六到十枚蛋。很显然，这只与众不同的红毛母鸭对自己卓越的成就感到满意。

艾伦松了一口气，显然，红毛鸭们认为他不会伤害它们。小艇沿溪而下，艾伦把桨浸在水里，把小艇滑到一个他能更好地观察这一家子的地方。

红毛公鸭在前面带路，母鸭跟在后面，一家人从青草葳蕤的岸边来到水边。红毛公鸭蹚到水里开始游了起来。这一切对它们来说都习以为常，根本算不上是什么新鲜事儿。小鸭宝宝们跟在后面，没有丝毫犹豫。鸭妈妈在后面跟了上来。它们长满羽毛的尾部就像很多软木片一样，在来来回回地摆动。小鸭宝宝们开始尝试着在水下寻找食物。

艾伦看得完全入了迷。对绝大多数的小鸭来说，它们的父母觅食时通常都是把脖子往后扭，并探到水下，捕到食后探出水面把食物喂给孩子。小鸭宝宝们也照着父母学样。红毛小鸭是野鸭，它们眨眼工夫就学会了进入水下觅食。

艾伦目不转睛地看着野鸭一家，差点没有注意到水中比一条波痕稍大一些的一道漩流。等艾伦再去数的时候，只剩下十三只小鸭了。小个头的红毛公鸭愤怒地转身去攻击那个危险的目标，可它什么也没有看见。

艾伦拿着钓鱼竿赶到，他想弄清楚那条爱挑剔的大梭子鱼的习性。成年的红毛母鸭们筑巢之后在冷杉溪捕食为生。大梭子鱼本可以将红毛鸭夫妇一一吞食，但是它没有那样做。也许，在冬天的饥饿缓解之后，大梭子鱼成了一个美食家，开始挑三拣四

了。只有当它实在饥饿难忍了，它才接受浑身是毛的成年红毛鸭，不过任何时候，小鸭宝宝们都算得上是一道精美的点心。

艾伦抛出吊饵，钩子落在距红毛母鸭六英尺远的水中。他的猎物大梭子鱼突然跳了一下。当那片水中又起了一个漩儿，另一只小鸭又消失的时候，他收紧钓鱼线。艾伦轻轻地嘟囔起来。

梭子鱼要吃的就是小鸭宝宝，只要这些松软可口的小吃还在眼前，它就不会注意别的东西。艾伦还得再试一次。他又将钓饵投出去，尽可能投到他认为的更靠近梭子鱼潜伏的地方。当钓饵刚离开鱼竿的梢尖，愤怒的小个头红毛公鸭突然转身改变了行进的路线。鱼钩飞落在距它十八英寸远的地方，松弛的渔线却落在了它的背上。艾伦屏住呼吸。他本想把希望带给红毛鸭一家，可是就当前的情况来看，他好像把灾难带给了它们。现在要是将钓鱼线收回来的话，几乎就等同于把诱饵安放在公鸭身上，给它带来严重的伤害。当钓鱼线从这个小小的勇士的背上滑落时，艾伦欣慰地松了一口气。钓鱼线从一只小鸭身上扫了过去。一场战斗近在眼前。

艾伦扬起钓竿，以免钓鱼线吃紧，他心里清楚那条大梭子鱼已经上钩了，他完全是出于偶然才钓到它的。因为那条巨无霸并没有去咬钓饵，它的目标是那只被线扫了一下的小鸭宝宝，钓饵只是碰巧落在它游走的路线上。不过，不管这种情况究竟是如何发生的，反正它现在已经上钩了。梭子鱼朝上游猛窜，当艾伦放出钓鱼线的时候，钓竿都弯了起来。接着，梭子鱼又掉头朝下游游去。艾伦急忙收起钓鱼线，以便保持线的张力。他朝红毛鸭一家匆匆瞥了一眼，它们在上游一百五十英尺远的地方游动。艾伦将他全部的注意力投入这场战斗中去。梭子鱼不像咬钩后的鳟鱼或鲈鱼那样噼里啪啦地挣扎或是猛蹿,它虽在体长和气力上更胜一筹,但在反抗精神上稍有缺失。被钩住的梭子鱼在小艇下面飞快游动,当它掉头时,艾伦才松了一口气。钓鱼线能承受八磅重的拉力测试,而且还是崭新的,但是这么大的一条鱼如果撕咬钓鱼线的话,它会像一根细线一样被拉断。

艾伦在该放线的时候放线,在可以收线的时候急速收线,他在遛鱼。现在,梭子鱼不像刚才那样猛冲猛撞了。艾伦不知道他到底遛了多久的鱼。时间过去了五分钟,还是四十五分钟?接着,在距离小艇船舷十英尺远的地方,艾伦看到了梭子鱼,鱼钩牢牢地钩住了它的下颚。梭子鱼出现在七英尺之内的水面,接着又顺流往回游。艾伦随它跑,不过他知道,除非意外发生或是处置不当,他已经赢得了这场战斗。他第二次收紧钓鱼线,拉起梭子鱼,可是仍不能阻止梭子鱼往下游游去。最后,他终于在小艇的旁边逮住了它。

艾伦十分小心地做着每一个动作,用上了他全部的垂钓技艺。艾伦十分小心地移动着,他把鱼叉滑过船舷,让鱼钩回旋,并使出全身的力气控制住这条梭子鱼。当艾伦把梭子鱼拉过船舷的时候,小艇惊人地晃动起来。艾伦松开鱼叉,把扭摆着身体的梭子鱼转了个角度,并用鱼叉沉甸甸的手柄压住它。

艾伦坐在小艇的位子上,他第一次注意到自己一直大汗淋漓。他用袖子擦了擦脸,发现自己在打冷战。嗯,他确有打冷战的理由。艾伦曾听上了年纪的人怀旧般地讲起梭子鱼甚至可以

达到五十磅重,艾伦估计这条梭子鱼有四十英寸,每一英寸差不多是一磅重。在任何时代,它都称得上是一条漂亮的鱼。在艾伦的记忆中,它从未在比佛湖泽地带见过这么大的梭子鱼。

他满脸笑容地对阿飙说:"你瞧!"

对阿飙来说,鱼就是鱼,不管是四英寸长还是四十英寸长,在视觉上都不会让它留下深刻印象。艾伦看着他捕获的猎物,脸上绽开了笑容。

在并不遥远的过去,梭子鱼被认为是一种有害生物,而且人们很少注意到它们。但是近年来,随着渔夫竞价交易会的数量超过了鱼本身的数量,人们发起了一场轰轰烈烈的活动,号召大家来关注真正高品质的猎物,也即一度被人看不起的梭子鱼。每年,为了尽可能多地吸引猎鸟季到来之前的度假人士,蒂洛森商会举办梭子鱼春季竞赛会,可谓费尽心机。商会拿出百元大钞,赏给带来最大的梭子鱼的人。

艾伦又看了一眼小艇里的那条目光呆滞的巨无霸,他有信心在今年的这届赛事上夺冠了。

艾伦背着一只装日用品的空背篓。他仔细地裹好手中的梭子鱼,在经过乔·托伦斯家的地盘时,他感到非常拘束。艾伦看到了乔·托伦斯,几乎要向他招手。艾伦继续往前走,只对他笑了笑。今天不会有什么不正常,即便是托伦斯一家人也不会。艾伦吹起了口哨。

梭子鱼刚好超过 43 英寸,有 38 磅重,和艾伦心里想的差不多。艾伦拿湿衣服裹好梭子鱼,他命令阿飙待在家里,自己则立刻出门去蒂洛森。

蒂洛森还没有完全从冬眠中复苏，但毫无疑问，它正在快速地苏醒。汽车旅馆以及拖车式活动住房停放场的老板们在给车子刷油漆，或用耙子耙地，有几位对商机更加乐观的人甚至在割草。每家汽车旅馆看上去至少有一位客人，其中有几家旅馆的前面停放着五六辆汽车。这些人是来钓鱼的，距离度假期正式开始的 6 月 1 日还有 5 个星期。只要早期的征兆说明今年会是一个丰收年的话，比佛湖泽地带肯定要进入一个繁忙的猎鸟季。

艾伦本想冒险停下来，向狩猎监督官杰夫·达恩利展示一下他引以为豪的东西，但是他又改变了主意，继续往前走。那条大梭子鱼肯定会让蒂洛森一片哗然，把鱼拿到约翰尼·马拉明的家里去，也许会引起最大的反响，消息会从那里不胫而走。财务处长和蒂洛森商会的总领头，在赌鱼的押注上从来就没有失手过。在梭子鱼春季竞赛会上，约翰尼把参赛的最大的梭子鱼冻在冰块里，并在他店前的窗口展示着。作为展览的效果，他和地产局做起了渔具经销的生意。

约翰尼·马拉明的大百货店为预计中的游客到来做好了准备：大门的旁边摆了一个插满钓竿的架子；店头的橱窗里被一排色彩艳丽的钓饵堆满，对渔夫们来说，它们当中的大多数比鱼还要有吸引力。露丝·卡拉翰是约翰尼·马拉明年轻漂亮的外甥女，在整个夏天的猎鸟季，她都会来店里帮忙，但在琳琅满目的渔具面前，她也黯然失色了。

艾伦走进店里，他刚和露丝互相友善地开了几句玩笑，约翰尼便从店后面走了过来。

"我的天哪!"他大叫一声,"你是不是掉到泥潭里去了?还是说在过去的三个月里,你都待在炉子旁边一动不动?"

"我才两个月没来呀!"艾伦很和善地回答,"你的生意怎么样?"

"好惨啊!"约翰尼叹息道,"好惨。我这样一个诚实守信的店家几乎都没法生活下去了。"

"你了解诚实守信的店家们吗?"艾伦打趣道,"约翰尼,我带了点东西,你看看。"

他打开梭子鱼的包装,把它提了上来,艾伦有生以来第一次看到约翰尼·马拉明一言不发,好在他并没有沉默太久。

"好漂亮的一条鱼。"约翰尼很镇定地咕哝道,"不过,在我……"

"是的!"艾伦嘲弄地说,"不过,在你还是个孩子的时候,这种东西你是拿它来当钓饵的!我要把它拿到竞赛会上去,你看怎么样?"

"可以。"约翰尼同意艾伦的想法,这让他更加来劲了。

安吉洛·安东内利是蒂洛森的理发师,他走进店里,很兴奋地看着那条梭子鱼。接着,五金店的老板汤姆·蒙哥马利也来了。跟在后面的是哈普雷·杰克逊,他是当地的一个流浪汉,只要提到"逍遥汉杰基",大家都知道是指他。店里很快就挤满了人,大家就这条鱼是如何被抓住的以及是在哪里抓住的,发表着各种不同的看法。

"你说是马利家的人抓到这条鱼的吗?"一个粗重的怀疑的声音这样发问。

"嗯，是艾伦·马利那小子抓的。"约翰尼·马拉明回答道。

"他抓的？"这个声音十分无礼，"我敢说他是凑巧叉到的！"

这个不计后果、恶声恶气地说话的家伙是一个英俊的年轻人，个子很高。他叫鲍勃·托伦斯，是乔·托伦斯的弟弟，也是这个家族中唯一抛弃了自己原籍的成员。鲍勃·托伦斯是一个做生意的海员，经常长时间漂泊在外。不过，当他回到蒂洛森的时候，口袋里总是装满了钱。在花光所有钱之前，他会一直待在蒂洛森。

"艾伦·马利来啦？"鲍勃·托伦斯询问道。

"他在那边。"

鲍勃·托伦斯用胳膊肘推开了其他人，为自己开辟出一条路来。

"那条梭子鱼不是你用叉子叉到的吗？"

"不是。"

"骗人！"海员指责道，"你刚好跟你家老头一个德行。想打架吗？"

艾伦没说话，和一个醉汉没什么好争论的。

"你怕了吧？跟我想的一模一样！"

"好啦好啦，鲍勃！"

托伦斯的堂兄弟伊诺克·卡鲁和阿尔弗雷德·德夫林架起海员的两只胳膊，把他推到门边。当走出门的时候，鲍勃愤愤地扔下一句挑衅的话："你等着，马利！在你家的湖边见！我们还没干过仗呢！"

第八章　夏日里的活动

看热闹的这一堆人本来热情高涨，兴趣盎然，现在一下子都尴尬地沉默着。他们本来围在一起，饶有兴趣地看着一条破纪录的大鱼，他们认为这条鱼跟他们每一个人都有关系，却被一场跟他们没关系的争吵打断了。喝醉的海员并没有招来艾伦的一顿痛殴，这事在他们看来很奇怪。有几个围观者对艾伦投去轻蔑的眼神，而那个流浪的逍遥汉杰基得意地笑了。很显然，很有一些人认为艾伦是一个懦夫。

艾伦的怒火突然爆发了。他知道自己不怕鲍勃或是托伦斯家的人，不过他不想再生出任何新的事端，而且他就此已经向父亲做出过保证。艾伦想起他的父亲，这让他的怒火平息了下来，现在他只想离开这里。

"我想我最好把我要买的东西拿走。"他对约翰尼说。

"没问题。"约翰尼明白他的意思，"你要点什么？"

艾伦买东西的时候，店里的那群人悄悄地溜了出去，他们仍然觉得很尴尬。当约翰尼备好各种各样的货品时，艾伦仔细地把它们装进背篓里，接着付过钱，把背篓挎上肩，转身离开。

"后会有期。"

露丝打抱不平地说："总有一天，有人会把那只大猩猩撕

成碎片的。"

"露丝,你说得对。"艾伦无精打采地低声回应道。

"艾伦,我没有说你不是的意思啊!拒绝攻击一个喝醉了的人,你做得挺好。"

艾伦挤出一丝笑容,说:"他确实该被打一顿。"

约翰尼用手指指着梭子鱼:"我想把它冻成一个大冰块,然后放在橱窗里。这次的奖金你是拿定了。"

艾伦又笑了笑:"喏,你认账了。两位再见。"

艾伦刚走到店外,就有一种奇怪的感觉。他觉得街上的人一下增加了十倍,而且大家的视线都集中在他身上。人们窃窃私语的声音仿佛在他耳旁回响。"他去那儿了。那人就是艾伦·马利。他不再是个孩子了,不是吗?""他也长得挺壮实的,嗯,不过他不想打架吗?""是的,就算是鲍勃·托伦斯侮辱了他,他也不想打架。""他肯定是个胆小鬼。"

艾伦朝前走,他知道并没有人在注意他,那些对话只是他自己的想象。此外,艾伦在蒂洛森有很多朋友,他们在对他作出任何评判之前,至少会听正反两方的意见。不过,这小镇带给他如此强烈的幻觉,只有通过极大的努力,他才能控制住自己好好走路。

在离开蒂洛森后,他并没有感觉好一些;那些来来往往的汽车就像是专门为了看他一眼都慢了下来。只有在他离开公路,并沿着通向他所在的湖区的高速路行走的时候,他才开始觉得呼吸顺畅一些。他告诉自己,谁都不应该打鲍勃·托伦斯,尽管几个巴掌能让他变得清醒一些。他真的怕托伦斯家的人

吗？他不断地告诫自己打架只会惹麻烦，同时他家已经惹了足够的麻烦。但这会不会只是一种托词呢？

艾伦走得很快，脑子里装满着矛盾的想法。当他来到乔·托伦斯家的农场时，他将视线从建筑物上移开。要是鲍勃·托伦斯在乔·托伦斯家的话，自己并不想看到他。他只想赶到湖区，把今天的事统统忘掉。当他听到有人在喊他时，他停了下来，是乔·托伦斯朝他跑了过来。艾伦虽然想继续往前走，如果有必要的话甚至用跑的，但他还是逼自己停下来等他。

乔·托伦斯中等身材，他胸肌发达、胳膊粗壮。他的这副身子骨，在每天干重活的乡村男人当中常常可以见到。他显得很急躁，鬈曲的黑发紧紧地贴在他的头上。从他棕色的眼睛里射出的眼神没有一丝善意。

"鲍勃当面责问你了吗？"他问道。

"嗯。"艾伦希望自己的声音听起来很酷。

"你打他了吗？"

艾伦的脸涨红了。

"他是自己一个人回家的吗？"

"不是的，是伊诺克和阿尔弗雷德把他带回去的。那么，至于发生了什么，你怎么不问问他们呢？"

"我问了。"

"那你应该知道鲍勃又喝醉了，而我并没有打他。"

"伊诺克和阿尔弗雷德是那样对我说的，不过鲍勃坚持说他打了你，而你跑了。他说他会来跟你了断这件事的。"

"别让他胡来。"艾伦简短地说。

"要是我能管住他的话,我会那样做的,但我建议你别跟他搅在一起。不要惹他,任何时候都不要惹他。"

"至于在什么时候该怎么做,我自会做决定。"艾伦突然发起怒来。

"别犯糊涂!"乔·托伦斯嚷起来,"我只是给你一个警告,他也不会是那个样子的,除非他……"

"除非他整天都喝得醉醺醺的。"艾伦不客气地接话。

艾伦没有回头,他转过身大踏步朝湖区走去。突然升起的怒气让他意识到自己还是遗传了爸爸的脾气,他的爸爸曾经很明智地让他做出不惹祸的承诺。接着,他意识到乔·托伦斯在对他叫骂。

"你们马利家的人都是一路货色!不讲道理!如果你们能试着跟人处好关系的话,你会发现自己也能做得到!"

艾伦沿着高速路继续往前走,他脑子里一直有去卡兹维拉找点活干的念头。如果他一直待在这儿,或是在蒂洛森找一份工作的话,不管他如何努力避免祸事,总会有麻烦出现的。他靠工作挣到的钱可以让自己在父亲出狱之前继续生活下去,然后……但是阿飙怎么办呢?他不能把它带到卡兹维拉去。

艾伦走到了高速路的尽头,那里是他此前停放小艇的地方。艾伦把背篓放在船头上,撑开小艇,沿湖而下。

艾伦刚一踏上水路,大湖那种强大的凝聚力就开始拉着他走——再也没有流落异乡的感觉了。只有这里才是他的故乡,再没有其他的地方可以与之相比。除了情系这片土地,他还亏欠了它一点什么。他的祖父来到这片湖区时，除了一把斧头、一杆枪，还有勇气，没带任何有价值的东西来。艾伦的爸爸则把他全部的生命都交给了它。在比尔·马利回来之前，艾伦要继续坚守在这里。他不得不凑合着过日子，不得不大量消耗资源，不得不……他突然高兴地想到了那百元赏金，这个念头一下子让笼罩在他心头的那片沮丧的黑云散开了。

他曾想过利用那条大梭子鱼让蒂洛森的人赞叹不已，而且他也那么做了。但是在与鲍勃·托伦斯遭遇之后，那种骄傲自豪感便被一扫而空，艾伦连想都不再去想这件事。会让大会颁发的百元赏金，外加他在一个理想的猎鸟季里所挣的钱，他的日子好过得多。

艾伦在房前让小艇靠岸，他看到阿飙走到了门廊上，有那么一会儿他故意不理睬那条大狗。艾伦走前让阿飙待在屋内，阿飙则完全听从他的吩咐。不过它的两只耳朵是竖着的，身体紧绷，就像一根拉直的橡皮筋，热切的眼神都投射在艾伦身上。艾伦心里一软，他挥了挥手。

"没事的，阿飙！"

阿飙轻轻一跳，越过几级台阶，向前全速奔跑着。这条大狗体形硕大，奔跑时显得更加优雅和高贵。很早以前，艾伦就认定阿飙奔跑的速度以及它的体形、优雅很明显直接受益于狼和狩鹿犬。阿飙跑到艾伦跟前，它腾跃着、踮起脚尖旋转着，它玩闹着，跳起来用它的大脑袋拱着艾伦的肩膀。

当艾伦搓揉着那只大狗的耳朵时，希望又在他的心中升起。他并不是孤单一个人，他还有一个强大且忠诚的朋友。不

管他做什么,这个朋友都会来帮助他,有阿飙在身边他做什么都不会失败的。艾伦把背篓拿进屋,把里面各种各样的东西拿出来摆放好,并开始准备晚餐,从始至终,这个信念始终盘旋在他的脑海里。

夜幕还没有降临,阿飙突然狂吠起来。艾伦朝它看去。他很熟悉阿飙的叫声;曾经,当它接近一只山猫的时候,艾伦听过它准备战斗时的那种低吼声。这种吠叫表示危险正在逼近。

"怎么啦?"艾伦轻轻地问。

阿飙缓慢地走到紧闭着的门前,它竖起毛发,保持完全警戒的状态。艾伦的心一下子跌倒了冷水盆里。

乔·托伦斯告诉过艾伦,鲍勃曾威胁要用拳头了结恩怨,大概他酒醒之后就会那么干。艾伦虽不想打架,但也不会当缩头乌龟。为了尽可能不制造出大的响动,他慢慢打开门,接着迅速走了出去。阿飙跟在他的身边。艾伦跑到屋子后面。他既没有看见什么东西,也没有听到什么动静,他看了看阿飙。

那条大狗紧张地站着,它在嗅着从湖面吹过来的风。当艾伦绕着圈子走进树林,并小心翼翼地往前走时,阿飙跟在他的身边一直没有离开过。艾伦溜到一棵树的后面,绕着树干朝湖岸窥望过去。

逍遥汉杰基手里握着一把22口径步枪,在艾伦的小艇驳岸的地方认真地窥探。当逍遥汉杰基前进时,艾伦静悄悄地后退。他不知道为什么逍遥汉杰基来到湖区,也不知道为什么在猎鸟季的所有狩猎活动都结束了之后,他手里还端着一杆枪。从严格的法律意义上说,阿飙还是一条流浪狗,要是被杰基看到的话,他有可能会认出它来。艾伦认为杰基是不会碰他的小艇的。他在树林里绕着圈退回去,把阿飙带回屋子里,关上门,吹灭灯,上床睡觉去了。

第二天早上,艾伦从工具棚里拿出一把铲子,开始在菜地里干活。这是一项重大的任务,菜园子虽没有以现金的方式报答他,但是有了蔬菜,艾伦就不必再去花钱购买了。

阿飙在一旁安静地看了五分钟,但是它对挖地的兴趣没有保持多久。从担任警卫的工作中解放出来,阿飙又回到了作为一条狗的自由自在的生活中。它要么这里闻闻、那里嗅嗅,要么追逐几只红松鼠。当艾伦干活的时候,它躺在树荫下幸福地睡起大觉来。

整个一天,再加上第二天的上午,艾伦都在挖地。他把几个硬土块碾碎,把去年收获时残留的玉米茬、卷心菜的菜根掏出来堆在一边。吃完午饭后,他换上一件破旧的牛仔裤,穿上一双旧鞋,接着从壁橱里拿出一根四叉的矛,再把一段段木柄拧到矛上去。

艾伦举起矛仔细端详着,这是一件非常轻巧而匀称的工具,是从约翰尼·马拉明那里订购的最好的东西。艾伦仔细地转动着矛,检查四根叉上的尖头。他拿起一只粗麻布口袋,将袋口拴上绳子,以便把它背到肩上。最后他朝湖边走去,撑开小艇,把矛和口袋放在船底。等阿飙也上船后,艾伦划着桨,朝湖北岸的一处水湾驶去。湖水在寒冷的微风中轻轻泛起白色的波浪。

靠近湖对岸时,艾伦看到一只忙碌的绿头母鸭带领着一群鸭宝宝朝横柯上游的灌木走去，继而绿头鸭一家老小消失了，仿佛被灌木丛吞没了似的。不过，艾伦知道它们只是躲在灌木的下面，在他从这里通过之前，它们会保持一动不动。艾伦笑着继续往前划。之前，他一直想着去抓一条大梭子鱼，几乎很少有时间对春天里的大湖仔细观察一番，现在，他达成了心愿，可以更加悠闲地享受这里的风景。从筑巢的水鸟们的数量来看，一切都很正常。艾伦收好船桨，开始探察此前一直想要前往的湖泊。

浅浅的湖汊是大湖的一个分支，它自身没有冰冷的泉水，而且整天接受着太阳的直射，因此，在夏天，这里比大湖的水温至少要高出十摄氏度；此外，比起生长在一些冷水域里的植物，这里的植物生长期要早很多。湖汊周围一排没有杂色的香蒲形成了一道密实的篱墙。越过香蒲，在一处面积三倍于湖汊的沼泽地里，铺满的荷钱像一块绿色的厚地毯，看上去仿佛为人们提供了一处牢固的立足之地。在这些荷钱之间以及湖汊中一些星星点点的地方生长着野生的水稻。艾伦察看了其中的一片水稻后赞叹不已。在此之前，他几乎没有见过长得如此茂盛的水稻。野生水稻是野天鹅最爱吃的食物，今年秋天这里肯定会飞来大量的天鹅。

艾伦一动不动地静静坐了五分钟。接着，他听到远处水面上的荷钱里发出一声响亮的哗啦声。沉寂一会儿之后，又是一声，接着一连响了六声。艾伦费力地从沼泽里通过，把小艇停靠好，爬上一个小土墩，向那片荷钱放眼望去。

荷钱宽阔的叶子连着荷柄，荷茎扎根在深浅不同的水里。

荷钱聚成一团,只是看似牢固而已。近旁的湖岸散布着几丛野草和几片低矮一些的梭鱼草。在一个十英尺开外的地方,艾伦发现了一条鱼。

那条鱼大约两英尺长,身子圆鼓鼓的,正费力地想游过那片水域,水太浅了,导致任何粗重、大块头的东西都无法自由通行。长满鳞的青铜色的鱼背露出了水面,直在泥滩上扭动着身体。其他各处的鱼也差不多是这种状态。它们离开湖汊,来到这片水草密布的沼泽地产卵,这里水浅而且温暖。

它们不是北美本地的鲤鱼,而是被某个乐观主义者从欧洲带来的——他想看看鲤鱼能否很好地适应这里的环境。可是实际情况大大超过了他的期望:这些欧洲的鲤鱼反客为主,本地的鱼反而被它们排挤出去。欧洲鲤鱼甚至找到了通往如此偏僻的大湖的通道。艾伦不知道它们是怎么到这儿来的。也许有地下通道,也许是其他池塘或大湖里的春季洪水把它们冲进了冷杉溪的上游河段。不管怎样,它们现在出现在这里,开始产卵。

艾伦把右肩上的粗麻布口袋的肩带打环扣在自己的脖子上,手里拿着矛,从小土墩上跳到下面的草丛里。那一跳让阿飙满心欢喜,它跟在艾伦的身边,浑身溅满泥浆。艾伦跳过草丛,蹚着水朝他看到的第一条鲤鱼走去。当靠得很近时,他举矛便刺。鱼的身体被穿透了。

艾伦立刻开始追赶另一条鲤鱼,但他在草丛上滑了一跤,手脚摊开,头朝前地倒在沼泽地上。他站起身,抓起矛,接着追,很轻松地又抓到了一条鱼。上百条鲤鱼把产卵当成一件迫

不及待的最重大的事情,它们很少顾及外在的危险。

艾伦先把鱼塞进口袋里,接着再倒进小艇里,然后接着去追更多的鱼,去装满另一个袋子。阿飙虽谈不上是一个纯粹的捕鱼高手,但它乐此不疲,在追赶鲤鱼时享受着快乐的时光。虽然浸泡在泥浆里,浑身都是泥巴,但它用狗所具有的方式对艾伦笑着。

"你看看你,那么狼狈!"艾伦对它说,"不过,我想我也好不到哪里去!"

当小艇再也装不下多一条鱼的时候,艾伦撑开小艇,等着阿飙上来。这条大狗跳进它习惯坐的位置上,不过,当滑溜溜的鲤鱼在它身下翻滚时,它立刻又从自己的位置上跳了出来。依阿飙的想法,一艘装满鱼的小艇并不适合自己乘坐。

艾伦笑着把小艇划出沼泽地,进到湖汊里,看着阿飙在水里兴奋地游动,他越划越快。阿飙在家的时候,一半时间在水里嬉戏,一半时间待在地面上。艾伦常常想知道,阿飙到底能游多快,而现在正是揭开这个谜底的时候。艾伦把桨深深地插进水里,小艇迅速向前蹿去。

阿飙踌躇不前,它并不是不能游得更快,而是因为它在猜测艾伦打的是什么主意。接下来,阿飙开始靠近艾伦,它轻轻松松地保持着它想保持的距离。最后,它全副身心地投入这场比赛中,猛地游着向前冲,跃向小艇的船舷,并在船尾处找到了落脚的地方。

艾伦笑了。如果他乘坐的是一只空的小艇,又顺风而行的话,也许他能把阿飙甩在后面。但这也仅仅是一个假设。为了

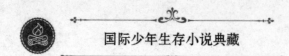

游到小艇近旁,阿飙并没有使出全力。

当他们到达登岸处的时候,阿飙从船里爬出来,浑身使劲一抖,泥水四溅。接着,阿飙抬起一只前爪停了下来。它扬起脑袋,辨别着风吹来的某种难以捉摸的气味里的蛛丝马迹。一开始,它略显迟缓,接着非常有把握地走到小屋西面的窗户那里,低下头,闻着那里什么东西的气味。艾伦跟在它后面,低头看着地上一串明显的印记——一个男人曾经站在这扇窗户前面。

艾伦抿起嘴唇沉思着。当他和阿飙在泥沼地里逮鲤鱼的时候,有人来造访过。湖面上既然没有其他的船只,来者肯定是沿着大湖尽头旁边通往高速路的小道上过来的。不过他如果想见到艾伦的话,为什么不等一等呢?来客看到小艇里的阿飙,并认出它来了吗?他是不是托伦斯家的人?是逍遥汉杰基,或是其他的什么人? 他想起去年初冬黄鼠狼皮被盗的事情来了。

艾伦按捺住好奇心。如果在结论中,尤其是在错误的结论中兜圈子的话,肯定是自找麻烦的开始。也许是某个出门远足漫游的客人东倒西歪地从他家门前经过,并且想看看屋子里的样子吧。

艾伦耸了耸肩膀,把鲤鱼装进口袋,然后扛到花园里,按计划好的间隔埋起来。肥料很昂贵,他负担不起,但按印第安人的老办法,把鱼埋进花园里堆肥,马利家收获的蔬菜从来都不比别人家的少。

艾伦埋下最后一条鲤鱼后,天已经黑了。虽然很累,但他很好地完成了一天的工作。明天是去莱西维尔探监的日子,艾

伦有些鼓舞人心的事情要告诉他的爸爸。

当艾伦挥起船桨,划着小艇,越过小小的水塘,来到遥远的比佛湖泽地带时,八月下旬的太阳把湖面照耀得仿佛有无数亮晶晶的珍珠漂浮着。

池塘四周长满了香蒲,野生的水稻几乎堵塞了航道。在水塘岸边有一头母鹿,它身边是一头身上带着点珠花纹的小鹿。母鹿离开它喝水的地方,悄悄溜走了。成年野鸭把自己羽翼已丰的宝宝们赶进藏身的地方。一只鱼鹰从头顶上飞过。很少有人知道这片池塘,这里还是以前的老样子,自艾伦的祖父来到这里,这种原生态的面貌从未改变。

艾伦在池塘周围缓慢地前进,他一边摸索,一边研究着塘岸。到处都是麝鼠活动过的痕迹,它们用枯枝和泥巴垒起来的房子有着半球形的穹顶,那些穹顶从十六个不同的地方冒了出来。毫无疑问,有很多麝鼠宁愿选择打地洞钻进岸边,也不愿意盖房子。

艾伦很满意地把小艇停靠在岸边。当春天再次光临比佛湖时,到这边的池塘来看一下,不仅能收获一些皮毛。艾伦把放在小艇里的背篓扛在肩上,抱着小艇,翻过长满阔叶树的山脊来到临近的一片池塘。

他放下小艇,拾起一些漂流到岸边的枯木,生起火堆。火堆熊熊燃烧时,他砍下一根柳树枝。艾伦从锡罐里取出一枚鱼钩和一段钓鱼线,他把钓鱼线绑在柳树枝上,又在池塘边的湿泥地里翻开一些大石块,抓到几只虫子。装好钓饵后,他把临时制作的简陋的钓竿投了出去,接二连三地把蓝鳃太阳鱼拉

出水面。艾伦一边做饭,一边从背篓里翻出一些冷豆子、饼干,和阿飙一起分享了这顿美餐。

吃完饭后,艾伦和阿飙挨得很近,坐在小艇旁边。小艇把火堆散发的暖人心窝的热力反射回来。他们看着夜幕一点点降临。夏天快要结束了,艾伦已经料理好他的菜园子。在此之前,艾伦把阿飙带在身边,已经考察了所有能获取制作口袋所需的当季皮毛的地方;他也钓过鱼,还研究了在比佛湖泽地带筑巢的不同的水鸟。他只不过是凭着兴趣探索了一番。在艾伦的记忆中,这是让他最满意的一个夏天。他赢得了梭子鱼竞赛,百元赏金还在他的储蓄罐里。没有人给他添过麻烦,要是他爸爸获释了,跟他一起享受这种美好生活的话,那就再好不过了。

微风一整天持续不断地从西边吹来,入夜后,风向突然转北,明显感觉得出天变冷了,这预示着霜冻雨雪天气的到来。艾伦往火堆里添加了更多的柴火,他把头枕在阿飙的身上,进入酣甜的梦乡。他不畏惧冬天。夜晚的微风捎来鸭群的消息,当下,它们正一群群地集聚起来,用自己的方式讨论着南飞的长途旅行。猎鸟季就要到来了。到目前为止,艾伦对这一年很满意。

第九章　野鸭的季节

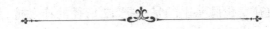

艾伦坐在一览无余的湖岸边，阿飙伸展开前后腿躺在他旁边。平放在艾伦膝头上的是一把 12 口径的连发枪，弹匣里只能装三发子弹。艾伦的狩猎帆布夹克敞开着，他没戴帽子，细细的汗珠沿着他的额头滚下来。

猎鸟季已经到来。照日历上的时间表，尽管猎鸟季没有提前或推后，但是任何人都无法向猎人们保证天气适宜。八月最后这几天很冷，而九月的头两天已经降下轻霜。接着，连续几天可以和六月天里的任何一天相媲美的好日子到来了。

比佛湖泽地带的确发生了变化。在这段时间里，漆树和红枫披上了靓丽的艳装，其他阔叶树也都先后染上了颜色。麝鼠们好像知道它们要遭受冰封的命运似的，拼命寻找依然多汁的球茎和块根，并沉湎于接近暴食的胡吃海塞的快乐中。缨状花瓣的龙胆最迟开花，绽出蓝紫色的花朵后又凋谢了。秋天的倩影在这里展现痕迹，但是绝大多数的水鸟还在北方逗留。

艾伦仰头看天，天上没有一丝云彩。暖洋洋的太阳光芒四射，如同夏日。天空如同舞台上的大幕，暴力和恐怖的场景虽已呈现在它的后面，但幕布安抚着观众的情绪。这种天气值得仔仔细细地观察一番。

　　艾伦低头观察起一小群绿头鸭，它们浮在距离湖岸约四分之一英里的地方。艾伦认得这一家子。在大湖的东岸，绿头母鸭在灯芯草的草丛里曾经孵出一窝小宝宝，一共十只，其中有八只安全地度过了夏天。因为夏季换毛，绿头公鸭独自离开了。后来，绿头公鸭重新又回到它的妻儿身边，它正夸耀着自己秋天的新装，虽然比起它冬天时的羽毛来没有那么亮眼，但是也相差无几。小鸭子们的羽毛显得深一些，除此之外，它们跟爸爸妈妈长得一模一样。

　　阿飙也在观察那一群鸭子。在此之前，当看到冰面上有尖翅绿头鸭的时候，阿飙会立刻尽职尽责地把它衔回来。但现在它见识过很多的鸭子，哪怕是在追捕一只鸭子的时候，也显得不那么卖力了。阿飙能够分辨出哪些鸭子能飞、哪些不能飞——艾伦很想知道它是怎么做到的。

　　艾伦回头去看鸭子一家老小，平静地在附近划着桨。保持着这么远的距离，野鸭们看上去好像也非常清楚自己处于射程之外。只要它们一直在开阔的水域活动，敌人就无法靠近它们。经验丰富的父母亲知道这些很好理解，但年幼的孩子们怎么会懂呢？也许它们只是照着长辈的样子依葫芦画瓢而已。一旦夜色为它们的安全提供了保障，它们就会都跑到水浅的地方找食吃。尽管绿头鸭是野鸭中体形最大的一种，而且又是餐桌上的美食，但是艾伦没有兴趣捕杀它们。它们在艾伦家的湖边筑巢安家，就像是家养的鸭子。还是夏天的时候，艾伦就认识了它们，他不向自己的朋友开枪。

　　远处传来一声枪响。接着，又有人放了一枪，要不就是第一个猎人放了第二枪。艾伦心不在焉地听着。他曾经见过的唯一南迁的鸭子,是一群蓝色翅膀的短颈野鸭和几只针尾鸭。这两类野鸭对天气都非常敏感,入秋后一般都是它们首先飞往南方。到目前为止,猎人们所感兴趣的猎杀之中,有百分之九十都是针对本地飞禽。在猎鸟季的开幕日,枪声不断,人们捕获了相当数量的不谙世事的雏鸟。当野鸭们变得机警起来的时候,偶尔才能听到枪响。最早来的那批猎人中的大多数已经回家了。对艾伦来说,比佛湖泽地带猎鸟季的经济状况不是直接地能够影响到自己,但他的确很担心他的一些朋友,因为他们收入中的很大一部分依靠这些来访的猎人。想到这儿,艾伦很难过。是啊,没有人愿意生活在贫困中。天气将要发生变化,会让天上的飞鸟落地安家,会有更多的猎人到来,只不过不是来到他的湖畔罢了。

艾伦站起身来开始绕湖而行,他把枪放在臂弯里,阿飙同步跟进。当候鸟来后,野鸭也好,野鹅也好,要不了四天,至多五天吧,艾伦就会获得属于他的那一份回报。但是他不能忘记,他无法浪费哪怕是一分钱。他必须弹无虚发。蓝色翅膀的短颈野鸭移动迅速,善于运动,它们的体形也很小。就消耗每一发子弹所花费的钱来说,艾伦希望得到更多的食物。针尾鸭的体形够大,虽然可以考虑射杀,但到目前为止,他都没能进入那几只飞来的针尾鸭的射程之内。

艾伦不断地在天空中搜寻,他努力克制住自己体内那种渴望的悸动。他一直认为阿飙是首屈一指的拾猎犬,不过他做出这种判断的唯一依据,是去年冬天阿飙叼回了一只尖翅绿

头鸭。艾伦一直想看看阿飙在霰弹枪响之后会如何反应。

这时,在北面高远的天空中突然出现了"V"字形的一群黑点。艾伦潜伏到枯萎的香蒲丛中,命令阿飙蹲在他身边,仰起头来尽可能远地探身张望那群快速飞来的野鸭。艾伦叹息着站起身,几乎可以肯定的是,那是一群迁徙中的飞禽,但仍在射程之外。根据它们飞翔的特征,应该是红头鸭。它们的体形够大,值得放上一枪。有人声称,作为餐桌上的美食,它们比有名的北美帆布潜鸭更胜一筹。不过,红头鸭把巢小心谨慎地筑在人们与其争夺地盘的地方。随着它们繁衍生息的沼泽地的干涸,除已经灭迹的拉布拉多地区之外,比起其他品种的野鸭来,红头鸭下降的数量都要多一些。艾伦曾射杀过至少一只红头鸭,但他现在选择让所有的红头鸭逃离死地。

当艾伦起身的时候,野鸭看到了他,它们斜着身子急速转弯,退回到湖的对岸。艾伦用他空着的那只手搓揉着阿飙的耳朵。

"伙计,我们要发财了。可别放弃啊!"

这是下午三点钟左右发生的事情。那之后,北边的天空出现了另一群"V"字形黑点。艾伦闪进了芦苇丛里,阿飙蹲在他的旁边。和以前一样,艾伦保持身体不动,他把头抬得足够高,以便在芦苇丛之间的空地上四处观望。

艾伦看到了十三只鸭子排成的队伍,看到了它们细长的红脖颈和白色的身体以及行进的轨迹。这些特征百分之百表明它们就是北美帆布潜鸭,它们飞到这里来是一件非常奇怪的事。它们是候鸟中最迟的一批迁徙者。它们如此迷恋北国,

非常不情愿与南方温和的天气为伍，以至于它们会在北国逗留到所有的池塘都被冻住的那一天。但它们就在眼前，正如艾伦所看到的那样，敛翅从天而降。带着一种久违而又熟悉的兴奋之情，艾伦的心开始怦怦跳，他在它们降落的芦苇丛画上记号，接着开始偷偷地靠近它们。

绝大多数的水禽猎手更喜欢从埋伏的地方开枪射击，这是狩猎中极其合理的户外运动方式。不过，艾伦更喜欢接近猎物、瞅准机会突然开枪，这其中的部分原因是他享受追猎时的那种快感，在一定程度上也给了野鸭们逃生的更好机会。这绝不是猎获野鸭的有效办法，甚至连开枪的机会都不存在。当他隐藏在埋伏处时，他本可以有很多的选择，但是为了接近猎物瞅准机会放上那么一两枪，艾伦常常得耗费几个小时。不过，他还是喜欢那么做。

艾伦猫着腰站起来，努力让棕色狩猎夹克的后背不超过芦苇的顶端，慢慢朝北美帆布潜鸭飞落的莎草靠过去。保持最大限度的小心谨慎是有必要的。一点异常的声响都会让它们重回天上，无可挽回地让它们飞到射程之外。艾伦低头瞥了一眼阿飙，吃惊地发现它行走时仿佛踩在鸡蛋上。很显然，阿飙已经看到了潜鸭从天而降。如果阿飙没有注意到这一点，潜鸭就会受到惊吓的，阿飙现在也不会如此努力地避免发出任何声响。不过，这条狗是怎么知道自己正在捕猎呢？

那群北美帆布潜鸭降落的地方在一千两百英尺之外，艾伦花了半个小时尽可能地靠近它们，以便射击。接下来，艾伦站直身体，架好猎枪，右手大拇指放在枪的保险栓上。艾伦静

止了片刻。接下来,随着潜鸭所降落的莎草丛的周围发出细微的飞溅声和颤抖,这群野鸭腾空而起。当野鸭飞走的时候,艾伦看见一只体形硕大的公鸭,他扣动了扳机。公鸭就像是突然撞上了一堵看不见的墙似的,一头栽到了水里。艾伦又看见了一只鸭子,开了一枪后急忙把第三颗子弹推进枪膛。不过,当他再举起枪来的时候,其余的鸭子已经飞到射程之外了。

与此同时,阿飙高高地跳到芦苇丛的上方朝外看。它一次又一次地跳起来,努力让那些鸭子停留在视线中。

艾伦把枪的保险栓拉回锁定,独自发着牢骚。在干净利落的一击之后,那只硕大的公鸭安静地浮在它落下的水面上。但是艾伦开枪射击的第二只鸭子受伤逃跑了,它跟在那群鸭子的后面,已经跑了至少六十英尺,但很快落在了它们后面。幸存的鸭子继续逃离,那只受伤的鸭子打算朝水面奔去;此时,那群鸭子已经飞了很远。

艾伦咬咬牙,他痛恨自己打伤了鸭子,让它在痛苦中慢慢死去。那群鸭子刚好落在他那两发子弹的有效射程之内,因此他并没有违背自己的道德标准。在打鸭子的人当中,没有谁能保证将鸭子一枪毙命,有一些鸭子肯定会被打伤的。绝大多数被打残的水鸟都会被训练有素的拾猎犬找到,不过,北美帆布潜鸭就要另当别论了。潜鸭们常常在三十英尺深的水里找食吃,还能在水下潜行很长的距离。至于它们会在什么地方露出水面,根本无从得知。它们可以在一刻钟之后才露出水面换口气。因此,受伤的潜鸭显然是那些很难被寻回的野鸭中的一类。艾伦曾听有经验的猎人们说过,还游得动的潜鸭几乎是不

可能再被找回来的。

尽管如此，艾伦不得不努力挽救。艾伦转过身，正想命令阿飙衔回那只被打死的公鸭时，那条狗早已气势汹汹地猛冲了出去。它从一座小土丘上纵身跃下，落地时发出有力的声音。它朝死去的公鸭游过去，用嘴衔住后返回并放在艾伦的手里。阿飙没有期望得到夸奖，也没有去等待命令，它又开始去衔另一只鸭子。

那只受伤的潜鸭已经游到了很远的地方，看上去只比一个白点稍大一些。阿飙一边朝它直接游去，一边尽可能地把头和前身的四分之一露出水面，以便观察目标。当潜鸭潜到水下时，艾伦估计那条大狗离它有一百五十英尺远。

阿飙踩着水，四处张望。接着它原地转了一整圈，并以偏离它游过去的那条直线三十度角突然出击。艾伦沿着这个新的方向望过去，发现了那只鸭子。在这种情况下，虽然不可能很准确地判断鸭子距离的远近，但比起鸭子最初潜入水下时与狗之间的距离，它又跑远了一些。艾伦回眼去看阿飙。

阿飙看上去充满自信，它急速向前游去，又跑了一段距离之后，那只鸭子又早早地潜入水中。阿飙再次表现出它的灵活性，它尽可能从水中高高地探出身子，充分地转动着身体。如此又重复了一次，阿飙朝一个新的方向突然发动袭击。

那只鸭子先后六次露出水面。每当阿飙从野鸭认为的显然属于安全范围的区域内经过时，它就潜入水中，一共六次。当野鸭第六次潜入水里的时候，阿飙改变了策略。与其等待，

不如沿着与湖汊对岸平行的一条长长的水道出发。当潜鸭最终浮出水面时,它距离阿飙不超过二十英尺。艾伦知道这纯属运气;阿飙不可能提前预知猎物会在哪儿现身。潜鸭在浮起后的瞬间又潜入水中。

阿飙继续在平行于湖对岸的水道上巡视。潜鸭又出现了。这次,阿飙可没交上好运,它巡回的位置靠近湖汊上游一边,而潜鸭刚好相反。阿飙直接朝它游去,直到潜鸭再次潜入水下,阿飙继续在水中巡回。

从那条狗的逡巡机动中,艾伦看出了一条明确的路线。野鸭每次露出水面的时候,距离对面的湖岸又稍微近了一些,而这看起来仿佛是阿飙的唯一方向。可是这么做的好处在哪里呢?

潜鸭又潜入和浮出了三次,每一次都更加靠近远处的湖岸。受伤的潜鸭进入岸边的一条浅浅的小溪谷,又一头扎入了水中。阿飙游进小溪谷后也潜入水中。等它再次在水面上出现时,受伤的潜鸭已被它衔在嘴里了。

阿飙径直回到艾伦的身边。它爬上小土墩,把鸭子郑重地交到主人手中。

艾伦的心飞得比野鹅还要高——他有了一只会逮野鸭的狗!阿飙比艾伦曾见过的所有拾猎犬都更加优秀。在艾伦搞明白它的策略之前,阿飙已将猎物收入囊中。借助阿飙的聪明才智,艾伦无须再坐镇指挥了。艾伦当时不知道,也永远不会知道,在小溪谷的水下面到底发生了什么。他曾经听人说,有一些被打伤并被紧紧追赶的潜鸭在扎进水里之后,会牢牢地抓

住一根芦苇或是棍子,这样就可以一直待在水底下。也许这只鸭子最后采取的就是这种手段,但到底是不是这样根本无从得知。不过,不管发生了什么,阿飙成功地完成了几乎是无法完成的任务:它衔回了一只受伤的北美帆布潜鸭。

艾伦提着两只鸭子开始朝家走去,阿飙跟在他的身边,一副得意扬扬的样子。阿飙突然毛发竖起,狂吠起来,这时艾伦离它还有相当一段距离。艾伦犹豫起来。这之前有一次,逍遥汉杰基在艾伦停放的小艇周围潜行的时候,阿飙也是类似的表现——在家门口或是房屋附近肯定有人。

艾伦让阿飙紧随自己左右,从小路绕入小树林里。他走到能看见自家房屋的地方,在一棵树的树干后面窥探着,松了一口气——约翰尼·马拉明坐在他家门廊前。艾伦从树后走出来,很坦然地迎了上去。

"你好,约翰尼! 你有什么事吗? "

约翰尼的眼睛落在阿飙的身上:"现在我知道为什么你对雅各布·泽尔梅西那么感兴趣了。你是不是在那时候得到这条狗的? "

"哦,我……"艾伦假装不懂他在说什么,"你是说这条狗吗? "

"我说的就是咬了雅各布·泽尔梅西的那条狗呀! "

"你敢肯定吗,约翰尼? "

"我知道你心里也明白,但是你不用担心。这条狗不关我的事,它表现得也很正常。我不是为这个而来的。我觉得你应该知道一些其他的事情。"

“还有什么事？”

“逍遥汉杰基一直就他设下的捕兽夹夸夸其谈，我吃不准他的用意，但是他不喜欢你，他对你和鲍勃·托伦斯之间的摩擦说个没完。”

艾伦笑了：“整个夏天我都没有见到过鲍勃，如果杰基到我这儿来，我会让狗给他衔一条鲇鱼。”

“杰基可不会吃你那一套。”约翰尼说，“另外，鲍勃·托伦斯又回到镇上了。他醉后咆哮着对大家说，因为你爸爸那样对待他爸爸，这次他非要把你打得落花流水不可。”

“去年春天，他也打算这么干。”

“是乔·托伦斯让他平息了下来。鲍勃酒醒了，乔·托伦斯看到他离家出走。不过，现在乔·托伦斯不想掺和进来，杰基正在惹事找麻烦呢。”

在一阵令人尴尬的沉默后，约翰尼起身，打破了沉默。

“我想你会对这些情况感兴趣的。”

“谢谢！太谢谢了，约翰尼。我不会和鲍勃闹什么矛盾的。”约翰尼准备回家。

“约翰尼！”艾伦喊道，“你不会把我的狗的事情说出去吧？”

约翰尼转过身：“等我走到蒂洛森的时候，我甚至早把你有一条狗的事情忘得精光了——假如这正好是你所希望的话。我唯一希望的是，它在咬雅各布·泽尔梅西的时候，真该多咬上几口啊！”

两天后，艾伦刚准备好晚餐，要给阿飙喂食时，阿飙又狂

吠了起来。一分钟后有人来敲门,接着传来一个熟悉的声音。

艾伦打开门,让狩猎监督官杰夫·达恩利进屋。

第十章　被人怀疑

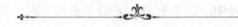

狩猎监督官身材矮小,穿着普通的步行鞋、夏季单薄的内衣和裤子,一件轻便的运动衫只扣着最下面的一粒纽扣,一顶棕色的旧帽被推到脑瓜的后面,他的这身打扮与天气颇为适宜。他的脸上挂着笑容,让人难以理解的是他那犀利的眼神。

"你好,杰夫。"艾伦向他打招呼,"快进来吧!"

阿飙狂吠着,朝远处的墙角走去,在一处能观察到这个陌生人的地方躺了下来。

杰夫看着它,然后用责备的眼神看着艾伦。

"你不是对我说过,你没有见过那条狗吗?"

"我说的是我没有见过一条伤人的狗。"艾伦纠正了来客的说法,"我知道它不会伤人,它会是你见过的最温和、最聪明的一条拾猎犬。"

"真的吗?这条狗跟着你有多长时间了?"

"它是去年十一月份到这里来的。我第一次看到它的时候,它在外面的湖冰上,想捕获一只尖翅绿头鸭,也就是我拿给你的那一只。你还记得吗?"

杰夫哼了一声:"我记得可清楚了。我还记得我当时询问过这条狗的情况。你当时知道它曾咬过一个叫雅各布·泽尔梅

西的人吗？"

"知道。"

"知道了，你也啥都不说？"

"它惨遭虐待，却并没有什么过错。你问问约翰尼·马拉明吧，打听一下雅各布·泽尔梅西这个家伙是怎么对待动物的。"

杰夫耸了耸肩："好啦，艾伦，收留一条流浪狗没有什么不对。只要它不惹出什么事，就不会给我添任何麻烦。不过，你要给它办一张收留许可证。我到这里来是有其他事情的。你知道鲍勃·托伦斯的情况吗？"

杰夫犀利的眼神就像要烙在艾伦的眼睛里一样，艾伦想知道是怎么回事。这位狩猎监督官希望他干什么或是说点什么呢？杰夫期望什么样的反应？他的问题的背后一定还有其他的意思。

"约翰尼·马拉明说，鲍勃·托伦斯回到镇上去了，他想找麻烦。我希望他别来碰我，我也不会去惹他的。"

"你遇到过什么麻烦吗？"杰夫犀利地发问。

"从去年春天开始倒没碰到过什么麻烦。"艾伦乐观地说，"在约翰尼·马拉明的店里的时候，托伦斯还想跟我打架，那是我赢得梭子鱼大赛之前不久发生的事。我回家后看到了乔·托伦斯。他警告我说，要是我敢打鲍勃的话，他会亲自收拾我的。那就是乔·托伦斯和他醉酒的哥哥的德性！"

"就这些吗？"

"这还不够吗！"艾伦火了，"我爸爸坐了牢；乔·托伦斯为了让猎人们不再光顾我家，封闭了导入高速的支线路段。难道

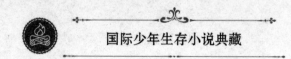

托伦斯一家人还不满意吗？"

"我想问的是，你和鲍勃之间还闹出过比这更多的麻烦吗？"

"我已经对你说过啦，自从春天以来，我就再也没有见到过他！"

"我了解这些基本情况。我知道你在这儿维持生计有多艰难。"杰夫清了清嗓子，"今天打到鸭子了吗？"

"两只秃头鸭，一只针尾鸭。你问这个干什么？"

"在大湖的尽头吗？"

"不，在北边的沼泽地。"

杰夫把一只手放在胳膊上："麻烦大了。"

"你到底在说什么呀？"

"今天我在鸥湖边巡逻。"杰夫慢吞吞地说，"回来时，我从乡间抄近路走。刚从高速路走出来，就是那个靠近你停泊小艇的地方。"

"你接着讲下去。"艾伦紧张地说。

"我在那儿看到鲍勃·托伦斯了。他死了，与我判定的结果大致一样：他死于头部中弹，一把 22 口径的枪射出的子弹。"

"死了？"艾伦倒吸一口凉气。

"是的。"狩猎监督官很平静地说，"这就是我到这里来的原因。"

"可是……可是我连鲍勃的面都没有见过！"艾伦结结巴巴地说。

"我相信你，艾伦，我问过很多很多人，他们说漏嘴的时候

自己还不知道呢！所以我想看看你会对我说些什么。"

艾伦感到一阵眩晕。鲍勃·托伦斯被枪杀了，还躺在自己泊船处的附近。那里刚好是艾伦而不是别人泊船的地方！而且，鲍勃还曾经四处扬言，他要跟艾伦打一架……

杰夫·达恩利犀利的眼神缓和下来，他同情地看着艾伦。

"你信任我吗？"狩猎监督官轻声地问。

"我当然相信你。"

"听我安排就行，你看怎么样？"

艾伦依然紧张到颤抖，以致大脑一片混沌。

"你是怎么打算的？"

"我想把你带到蒂洛森，然后关到我的屋子里。有人开枪打死了鲍勃，可能是事出偶然，也可能是故意伤害，但不管是谁干的，我们都会查出来。查明真凶后，你就可以安全地再回到这里来了。"

"我……我不知道。"

"这是最明智的办法。"杰夫催促道，"托伦斯家的人发现鲍勃死后，肯定会来找你的。"

"你的意思是他们会认为是我杀了他吗？"

"他们肯定会毫不迟疑来找你的。现在形势已经够麻烦的了，你就别再问这问那的了。"

"他们不会来抓我。"

"如果你按我说的做，他们就不会来抓你。"

"可是我办不到呀，杰夫！"

"为什么办不到呢？"

"因为我……我一直是个胆小鬼。"艾伦支支吾吾地说，"另外，我被关在你的房子里，也不敢走出去，那会像……像是在坐牢一样。"这不是艾伦的心里话，他该如何解释呢？"是这样的，杰夫。"艾伦绝望地说，"如果我离开这里的话，那我就离开了我一向为之奋斗的一些东西——为反抗托伦斯一家人而付出的努力。我的钱总是不够花，也没有人来我这里打猎，爸爸也不在身边。有人偷了我的兽皮，有人在我屋子周围窥探，我还得面对别人的威胁与侮辱。我总是让自己不要发脾气，把心思放在自己的事情上。"

艾伦停下来深吸了一口气："我认为我自己就像阿飙一样。有些事情确实恕难从命啊！"

杰夫一直注视着艾伦："我能理解你的心情，可这并不是问题的关键。如果托伦斯家的人到这儿来捣乱的话，那你连跑都跑不掉。"

"不会的。阿飙和我会藏到一个他们永远都找不到的地方。"

"哪里？"狩猎监督官疑惑地问。

"黑溪上游。"

杰夫瞪大了眼睛："那是个什么地方？"

"你瞧瞧！"艾伦扬扬得意地说，"连你都不知道！那是冷杉溪的一条支流，它从一片沼泽地的中间流过。这条支流与十条水渠相通，只有我和我爸爸知道如何沿着那条主水渠来往。"

艾伦一边说一边拖出他的背篓，开始往里面装东西。

"稍等一下！"杰夫发话了，"我相信你没有向鲍勃·托伦斯

开枪,不过这事需要警长来做决定,而不是我说了算。你如果这么轻率地脱身的话,那看上去好像……"

"你会知道我在哪儿的。"艾伦向他保证,"另外,我并不是在逃亡。当你想与我见面时,你就去黑溪上游的一处岔路口,那里有一棵高大的枯死的梧桐树。沿着左边的岔路口走,一直走到沼泽地。你鸣枪三响,我就出来见你,我保证我肯定会那样做的。"

狩猎监督官盯着地面考虑着这件事。

"好吧,孩子。"他不情愿地说道,"你度过了一段十分艰难的时光,在这件事上,我想我应该帮助你。现在我得给警长打电话了。"

狩猎监督官朝窗外扫了一眼:"现在天差不多也黑了,没有人会看到你离开的。三天后,不管有什么消息,我都会去冷杉溪找你的。祝你好运!"

"谢谢你,杰夫。"艾伦感激地说。

狩猎监督官刚离开,艾伦再次检查他背篓里的东西。他努力让自己的思维清晰一些,因为他必须记得该随身携带的每一样东西,出门后就不可能为了哪一样没带的东西再折回来了。想起几天前的遭遇,艾伦把橡胶底的鹿皮靴、毛衣,还有连指手套都收进了背篓,最后装进去的是一盒子弹。野鸭将成为他填饱肚子的美食。最近比佛湖泽地带到处枪声不断,他放枪并不会引起别人的注意。艾伦最后把固定着一把短柄斧和一把22口径的左轮手枪的皮带扎在腰间。他拾起枪支,朝阿飙转过身去。

　　"我们出发吧！"他果断地说，"出去野营。"

　　艾伦走到湖边，阿飙紧跟在他身后。他荡开小艇，等阿飙跳进去之后，他们便在一片暮色中出发了。快要到冷杉溪河口时，他想起地板下面的储蓄罐，但黑漆漆的夜幕已经降临。储蓄罐在他要去的地方派不上用场，不过假如真有什么人潜伏在那里搜寻，他肯定能看出屋子已无人居住，要是他真的把屋内洗劫一空的话，该如何是好？

　　艾伦让小艇掉头，开始往回赶。借着刚出现的昏暗的星光，他在黑暗的水面上确定了航向。当他看见自家门廊上有手电筒射出的来回摆动的光柱，而且屋子里也突然出现一道亮光的时候，他已经经过了较大的那座岛屿。

　　托伦斯家的人来找他了。

第十一章　湖边观望

晨光熹微,在一棵高大的枯死的梧桐树下,艾伦一大早醒了过来。他一边看着地上的那堆残火,一边把余烬以及烧成炭的柴棍踢进水里。他让阿飙上船,驾起小艇,开始沿溪而上。小溪窄得几乎可用船桨触及两岸。稠密的铁杉沿着溪岸生长着,它们是如此密不透风,以至于在微弱的晨光里让人联想起热带丛林间的溪流。现在,浓密低矮的铁杉给枯萎的灯芯草和香蒲让了路。在这些植物远处的是一片沼泽地。沼泽地里是一条蜿蜒的溪流,每隔一定的距离便分成三岔流,或是三条,或是多到十二条。这里是黑溪,除了一条三岔流,其他的全以注入泥塘的方式断流。艾伦和他的爸爸在这里捕麝鼠的时候,把这一带迷宫似的地形摸得清清楚楚。

　　艾伦转身进入旁边的一条三岔流,一小群蓝翅短颈野鸭飞快地走到溪岸,躲进了浓密的植物中去。阿飙关切地竖起一双耳朵,回头看了一眼主人。它看见了霰弹猎枪,以为主人要发起攻击了。当艾伦并没有做出从地上拾起猎枪的动作时,阿飙耷拉着耳朵,顺从于眼下并非打猎的现实。

　　微风没有捎来一丝四季流转的讯息,在这个时节,白霜本该昭然可见,但眼前能看得到的只是一层薄雾而已。艾伦划桨

靠岸,泊好小艇。阿飙从船里跳了出来,朝岸上稍稍爬了一小段路,它急切地等待着。艾伦把小艇尽可能地往上拉,以防止突然的一阵风把它吹走。艾伦在背篓里摸索着取出食物。

天渐渐地亮起来。眼下的太阳像一个柠檬色的球,从东边的地平线上露出脸来,它慢腾腾地挪移着步子,不情愿地升起来。艾伦朝它瞥了一眼,心想要是天气突变,将会是一场猛烈的风暴。太阳的颜色表明空中有少许尘埃,整个大地仿佛变成一片真空,就等着一场填补它的暴风雪呼啸而来。

艾伦还不是很饿,他没有另外生火做早饭。他给阿飙打开一罐狗粮;自己在一片面包上撒一些冷豆子,用另一片面包盖着吃。三明治吃了一半,另一半分给了阿飙,艾伦陷入了沉思。且不说以后会怎么样,昨天所发生的事情是应该好好想一想了。

他没有怀疑杰夫·达恩利。杰夫纯粹是为了艾伦的最大利益考虑,他希望艾伦避开托伦斯家的人,对此艾伦深信不疑。托伦斯家的人昨晚肯定是气急败坏地来找他麻烦的,要是他回到家的话,那帮人将会用简单粗暴的方式跟他交涉的。另外,如果六个人一口咬定,是艾伦先开的枪,而他们是被迫自卫还击的话,谁又能替他证明呢?还好他没有回家,即便托伦斯家的那帮人有船,在黑暗中也抓不到他。他们是绝不会找到这里来的。

不过,这件事把他逼入了一个左右为难的境地,所有人都知道鲍勃·托伦斯曾经纠缠过他,而现在鲍勃·托伦斯被发现死在艾伦泊船的地方,对大多数人来说这已经足够了。

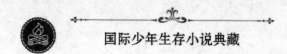

　　杰夫·达恩利向艾伦保证过,他们肯定会查出嫌疑人,那样艾伦自然就清白了。可是,假如嫌疑人没有被查出来呢?尚未告破的枪击案可不止一件呢。这事儿艾伦越琢磨越感到自己难以洗脱罪名,证据对他太不利。坚持藏身于这里是否就妥当呢?他有维持几天的充足的粮食,但是如果杀害鲍勃的凶手没有找到的话,他就不得不逃离这个是非之地了。出门坐车要花钱,他的钱又放在家里地板下面的储蓄罐里。他还能拿到钱吗?

　　艾伦脑子很乱。一方面在黑溪这个藏身之处,他知道自己是安全的,没人会发现他。但另一方面,他不知道湖那边发生了什么情况。如果他带上小艇,穿过沼泽地,沿冷杉溪顺流而下的话,也许会遇上其他人。他也可以经陆路回到湖边。黑溪源自冷杉溪,朝南流去;如果从现在所在的位置一直朝南走,很快就会到达大湖岸边,看见自家的房子。

　　太阳高高地挂在天上。当艾伦在枯萎的芦苇丛中蜿蜒而行的时候,太阳把它全部的热力投射到狩猎夹克的背上。他缩着身子脱掉夹克,搁在一旁。在继续出发之前,艾伦停下来观察一小群野鸭。它们从湖面上飞过,接着又钻进了湖里。一开始他认为它们是绿头鸭,但是当它们减速徐徐着陆时,艾伦看清了它们黄颜色的脚——那是一群翅膀鸭。

　　阿飙很巧妙地隐藏在芦苇下面,如影随形地跟在蜿蜒而行的主人身后。直到艾伦看到前方那一汪波光粼粼的湖水,他把手放在阿飙的颈上制止它,那条大狗立刻停了下来。

　　"趴下!"艾伦命令道。

阿飙趴了下来，艾伦朝大湖边爬了过去。他用手拨开芦苇，朝外张望。

到了湖边，正对着自己的家的位置。在距离湖岸九百英尺开外，艾伦的右侧是湖中两座岛屿中稍大的那一座，它的标志是一棵单独生长的高大的山杨。在简单扫过一眼之后，艾伦没有发现岛上有什么人，他朝自家的屋子看过去。一缕蓝烟从烟囱里袅袅升起；这意味着有人占据了那个地方。他的心里一沉。很显然，托伦斯家的人想到了艾伦有可能返回，留下了一个把守的人。

这时，那人从屋里出来，走到了湖边，中等身材，不过距离太远，艾伦无法辨识他的体貌特征。艾伦轻轻地嘟囔起来。昨晚，他还以为随身携带的东西挺齐全的，现在看来自己简直就是丢三落四。他不仅忘了带钱，还忘了带双筒望远镜。那个人往水里扔着卵石，打发着时间。

十分钟之后，艾伦听到一辆卡车发出的轰隆声，但无法判断它的远近。终于，那辆卡车出现在高速路的尽头，并停了下来。从驾驶室和车厢里跳下几个男人，他们忙着卸货。艾伦想努力看清他们在干什么。他们从卡车上举起几只小艇，让小艇下水。艾伦数了一下，一共有三只。两个男人驾驶着第一只小艇出发了。艾伦努力想看清他们是谁，但是距离太远了。其他的小艇也都先后出发了，每只小艇上都坐着两个人。

接着，一个男人扛着一只独木舟，走到湖岸下方。他推开准备起航的独木舟，自己坐在后排，另一个人坐在前排位上。艾伦的目光迅速朝后面的几只船看过去；这些船各自散开，朝

大湖不同的水域进发。与那些常被租给游客的行动迟缓的船只相比,这些船的等级要高很多。尽管这些船精致优雅,但与独木舟或是艾伦的小艇比起来,还是显得笨拙一些。

艾伦试图认出那两个划着独木舟径直沿湖而下的人,可是他们已经离远了。接着,一条船朝艾伦所在的湖岸这边驶过来,然后在离岸不到五十英尺的地方,以九十度角转弯而去。那条船离艾伦是那么近,他甚至都可以扔一块石头进去,艾伦毫不费劲就看清了船上的人——巴拉德·托伦斯,还有托伦斯的堂弟杰克·哈迪。很显然,这家人倾巢出动了。此外,为了能找到他,在过了两个猎鸟季之后,乔·托伦斯首次解禁了可以直通高速的支线路段。艾伦沿着芦苇丛,开始蜿蜒后退。今天,回家取东西的行动注定是要失败的,他打算明天再看看情况。

三个星期以来,天空中第一次绵亘着涌起的云海,云的颜色从漆黑过渡到纯白。疾风劲吹,翻起层层白浪。艾伦脱下轻便的狩猎夹克,换上厚重的羊毛装,阿飙紧跟在他的身边。艾伦让阿飙就地待着,自己拨开芦苇丛,朝湖对岸望去。

从昨天开始,水鸟的数量成百倍地增加。野鸭和野鹅从北国飞来,这些焦虑中的候鸟最终意识到冬天的脚步不可阻挡,知道自己必须逃往南方。蓝翅短颈野鸭、针尾鸭,还有其他早飞的候鸟,外加大多数的本地野鸭,早已振翅飞往更靠南的地方了。

至少二百五十只的一群绿头鸭,与首批孵出的占其一半数量的绿嘴黑鸭,也即它们的兄弟姐妹们,在白色的浪花里起起伏伏,它们保持着与湖岸的安全距离。一些秃头鸭早早地离开鸟巢,下地行走,它们偏爱在去南方的路上悠闲地混日子。它们持续逗留在绿头鸭和绿嘴黑鸭的近旁。一群绿翅短颈野鸭对寒冷并不像蓝翅的亲戚们那样敏感。大约有一百只加拿大野鹅在湖心保持着一副冷傲的姿态;它们中的大多数把头插在翅膀下睡觉,但其中至少有五只在放哨,一直保持着警惕。

温暖的天气是一座巨型的堤坝。它曾把所有的候鸟挡在身后,但它最终还是决堤了,大群的飞禽朝南方蜂拥而去。更多的鸟群次第赶到,少则三只,多则五十只,每一分钟都有鸟儿从天而降。散布在湖面上的是一小群一小群的飞鸟以及离群的单个鸟儿,数量多到数都数不清。

根据云量判断,冬天的第一场大风雪随时可能到来。可是现在只不过十月中旬,尽管冬天也许会初试锋芒耍几次威风,但是想锁定它并让它留步还为时尚早。猎鸟季的黄金时段起码还有三周或者更长。不过自从艾伦记事开始,他第一次在这种时期没有体验到一些兴奋的感觉。在此之前,秋天候鸟的大迁徙一直都能唤醒他的灵感。悬在他头上的乌云投下了一层阴影,它是那么黑暗、那么忧郁,以至于再没有容纳其他东西的空间。如此众多的候鸟的到来,是夏天终结的标志。

白天缓慢地过去,艾伦始终保持着警戒。他看见几个男人在他家里走来走去,但他不能辨认那都是谁。第一只小划艇上午的时候回来了;两个小时后,第二只小船跟着也回来了;接着,第三只船也出现在波涛汹涌的湖里。只有乘坐独木舟的两个人还没有回来。当这两个人也回来后,艾伦打算返回自己的

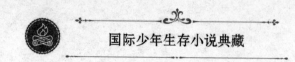

藏身处,正如他曾经许诺的那样,他要等着明天杰夫·达恩利的到来。

艾伦被头顶正上方的翅膀的拍击声惊醒,他斜伸着头朝外看。北美帆布潜鸭大规模地赶到了。它们飞到湖的上空,接着坠下,扑腾着翅膀在湖面上慢慢停下来。艾伦饶有兴趣地观察着它们。

虽然温和的天气主宰着一切,但在这之前,有一种悄无声息的威胁,预示着剧烈的天气变化肯定是要来临的。随着如此多野鸭和野鹅的到来,那种威胁变成一种真真切切的东西。此外,北美帆布潜鸭的到来彻底肯定了艾伦拿捏不定的猜想。狩猎的杀伤力绝不至于让如此多的野鸟从天而降,它们是在逃离寒冷的天气,逃离刺骨的严寒。

风越刮越猛,湖浪甚至可以拍击到稍大的岛屿上,从岛沿岸的枯柳的梢头汹涌而过。雪开始簌簌有声地落下,雪花越来越大,很快就演变为猛烈的暴雪天气。几分钟之后,艾伦只能勉强看清大岛的整体轮廓,远处的湖岸根本就看不见了。可怕的黑色风暴又到来了。

艾伦凝视着湖面,他突然发现了独木舟。独木舟行驶在艾伦所在的湖岸与大岛的正中位置,它正拼命地朝大岛划去。透过绵密的雪花,艾伦认出坐在船头船桨位置上的是乔·托伦斯,坐在后排的是杰夫·达恩利。他屏住了呼吸。

风猛烈地吹着湖面,掀起的巨浪和艾伦曾经见过的一模一样。要是让他来选择的话,他绝不会在这样的天气里驾驶小艇。毫无疑问,在这样波涛汹涌的水面,独木舟根本无法行驶。

　　驾驶独木舟的两个人在湖岸停泊无望，那座岛成了他们唯一的救命稻草，他们很幸运地到达了那里。他们竭尽全力控制着那只脆弱的小船，在船桨一挥之后，独木舟总算停在了不知是一块岩石上，还是潜在水里的一根原木上，船斜着身子倾向一边。当艾伦盯着看时，湖浪腾起令人窒息的水雾，遮住了独木舟和船上的人。隐隐约约透过飞旋的雪花的帐幕看过去，艾伦看到独木舟上的一个人把另一个人半背半拖地转移到了岸上。

　　艾伦叫上阿飙，他们艰难地在芦苇丛中往回走，开始朝他藏匿的小艇跑去。

第十二章　黑色风暴

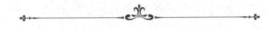

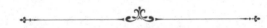

艾伦赶到藏起小艇的地方，在他早上离开时还是光秃秃地露在外面的用来遮盖小艇的芦苇，现在已覆盖了一层雪褥。他的心情极为迫切，他努力让自己冷静下来，理智地思考问题。气温低至零下十五摄氏度或零下二十摄氏度，这对任何下到湖里的人来说都很危险。岛上只有柳树枝可以用来生火，但作为燃料，它们不是很理想。此外，其中一个人还受了伤。他们首先要考虑的就是取暖。

艾伦把背篓倒扣过来，把里面的东西倒在雪地里。他一只手里拿着空背篓，另一只手拿着短柄斧，沿着溪岸跑到最近的铁杉林里。他用钝的斧背猛砍铁杉上枯死的树枝，把折断的枯枝放进背篓里。他仔细地码放柴火，以便放下更多。背篓里装满了柴火后，艾伦把短柄斧插进腰带的护套里，一边垂着头抵挡吹来的寒风，一边沿着溪岸走回到小艇那里。在他离开湖岸后大约半小时，暴风雪的强度达到了肆虐的顶点。

艾伦弯腰让小艇底朝天地倒扣在头上，小艇几度被风从手中掠走。艾伦咬紧牙关。岛上的两个人困于绝境，他们能得到的帮助只可能来自他了。没有小艇的话，他不可能到达岛屿。

雪花飘落在阿飙的背上,它抖了抖身子,在雪地里快乐地打起滚来。这让艾伦想出了个办法。虽然他扛不动小艇,但他可以在柔软的雪地里拽着它前进,他抓住锚索,开始向湖区进发。

雪花急速下坠,又被风狂暴地吹向空中。艾伦在雪地里留下的痕迹迅速被新降下的雪掩盖。艾伦猫着腰往前走,这在一定程度上起到了遮挡风雪的作用,同时也能更清晰地看到脚下那条模糊的小道。艾伦把小艇朝灯芯草草丛里拖去,他曾经躺在那里观察过自家的房子。等他到了那里之后,能见度低到无法看清几英尺之外的任何东西。但是,他能看见浪,这倒是不错;此时的浪看上去有他曾经见过的两个那么高。艾伦朝大岛所在的方向瞥了一眼,但是看不见它的踪影。一刻钟之后,他又试着去看,又过去了一刻钟,他又看了一次。终于,他看到了那棵高大的山杨的最顶端的枝条,它朦朦胧胧地映衬着天空,在狂风中剧烈地摆动。还有救人的时间,但是他必须迅速行动。

艾伦把小艇推到水里,然后拼命地抓住锚索,因为狂风试图把小艇从他手中吹走。艾伦的双手沿着锚索往下摸索,他抓住小艇,稳稳地控制着它。

"上船,阿飙!"艾伦叫道。

风也好,浪也罢,阿飙统统不在乎。它蹿入水中,再跳到它通常待的位置上去。艾伦手握船桨,坐稳之后就驾着小艇在惊涛骇浪中出发了。小艇向前飞跃而去。尽管看不见岛在哪里,但是艾伦知道它大概在他的右侧,离湖岸大约六百英尺远的地方。艾伦凭着对小艇和风向的感觉朝前划去。小艇爬上一个波浪的浪峰,接着又沉入波谷,少量的水飞溅到了船头上。艾伦奋力向前一划,接着把桨立刻插入水中。他顽强地抵抗着朝他涌来的波涛,没有片刻停歇。巨浪好像是从四面八方一下子扑上来的。他是在节节败退,还是在胜利前进?他无法确定。

艾伦不时抬头寻找那座岛,看不见它的时候,他的心里便打起鼓来。正当他以为自己此前估计错了,应该另选一条航道试一试的时候,他看到了那棵山杨最顶端的树枝。艾伦等待合适的时机,朝大岛调转船头。正好赶上顺风,所以他需要做的只是把船桨尽可能深地插进水里,确保船头笔直地对着大岛的方向,并让风推着他前进。这也让他得到了喘息的机会,艾伦往急促呼吸的肺里深深地吸入几口空气。当一个浪头把小艇掀到岛上的时候,艾伦早做好了准备。

当艾伦从小艇里跳出来时,他注意到阿飙早就在大船旁等着他了。艾伦猫着腰,把小艇拖离波浪能拍击得到的地方,接着四处张望。那两个急待援救的人在哪里呢?雪下得更大了,他甚至连身旁的柳树却看不清清晰的轮廓。

"有人吗?"艾伦呼喊起来。

那是有力的一声大喊,可是风把这个声音从他的嘴边抹去,并降低它的音量,如同呜咽的轻语。不过,阿飙听到了,它用鼻子推搡着艾伦的膝盖。这让艾伦想到了一个主意——艾伦跪下来,对着那条大狗的耳朵说:"他们在什么地方?快去找呀,阿飙!"

阿飙发出呜呜声,把一只前爪放到主人的大腿上。艾伦的

希望破灭了。阿飙从来没有执行过寻人的任务,而且也没有理由证明阿飙能够听懂指令。

艾伦一直拖着身后的小艇,因为一旦失去小艇,他也许再也找不着了。他沿着湖岸探路前进。如此毫无目标地搜寻两名受困者虽是下下之策,但这是艾伦仅有的办法。停下来休息的时候,他发现阿飙已经不在身边了。艾伦唯恐再也找不到阿飙了,恐惧从他心头一闪而过,幸好狗在雪地中像鬼魅一样又现身了,它正回头看他。艾伦朝着狗走过来的方向走去。阿飙领先艾伦几步。艾伦来到一处小沼泽地,他正在找的两个人突然映入眼帘。

杰夫·达恩利伸开腿脚,安静地躺着。他的头枕在卷起的外套上,整个人被一堵自然形成的雪墙遮挡着。乔·托伦斯蜷缩在一块巨石的背风处。从被踩过的积雪和一小堆柳树枝可以看出,为了生火,乔·托伦斯所付出的代价令人哀怜。他企图用颤抖的手指头点燃那一小堆柴火,可是当他试着划着一根火柴时,火柴掉在了雪地上。

艾伦侧着立起小艇,把它当作一个挡风的遮棚。他用脚在小艇旁边的雪地上掘出一个洞,把背篓里的东西倒出来。他四处捡了一些冷杉的小树杈,擦亮一根火柴放上去。艾伦一边观察从小树杈的隙缝里上蹿的火苗,一边添加稍大一点的柴火。火苗高高跳起来,艾伦朝乔·托伦斯瞄了一眼。

乔·托伦斯冻僵了,几乎不能移动身体。在此之前,他目不转睛地盯着那堆火苗,仿佛他从来就没有见过火似的。在朦胧之中,艾伦记起他和乔·托伦斯之间的彼此憎恨。但是那种念

头只是一闪而过,现在它已经不重要了。

艾伦在杰夫·达恩利身旁猫着腰,把一只手搭在狩猎监督官的双肩上,另一只手放在他的双膝下面。他把杰夫挪到火堆旁,接着调整小艇的位置,以便让它尽可能更好地帮杰夫抵御风雪。艾伦解开狩猎监督官湿透了的衣服上的纽扣,开始用力地按摩着他冰冷的肌肉。

按摩带来的刺激再加上火堆传来的热力,让杰夫的身体恢复了生机。艾伦一边给杰夫按摩一边脱下他的衣服,并将自己身上的干衣服给杰夫穿上,自己则努力换上狩猎监督官小一号的衣服。

"真……真……真……"

乔·托伦斯努力想说点什么,艾伦朝他走过去。他帮着乔站起来,让他离火靠得更近一些。

"杰夫怎么了?"艾伦问。

"他的……膝盖扭伤了。"乔麻木的嘴唇里含糊地吐出几字,"无……无法行走。"

"我打算先带他回家,然后再来接你!"艾伦对他说。

"谢……谢谢,你行吗?"

"不行也得行呀!"

乔试着站起来,但他向后倒去;接着又试了一次,这次他成功了。艾伦解下插着短柄斧和22口径左轮手枪的腰带,把这些东西扣在乔的腰间。

"弹膛是满的,皮带上还装了很多子弹。"艾伦说,"在我回来之前,你每隔几分钟都要连发三枪!"

乔将手放在火堆上搓着，点着头表示自己听懂了。

"我要把小艇拖到岛的另一侧，借着风力从那里下水！"艾伦对他说，"你和杰夫在这儿等我。我把小艇安放下水之后，会回来带走他的。"

"我帮杰夫捯到湖边吧。"乔提议说。

"如果你行的话，我们就这样办吧！"

艾伦拉着小艇，踩出一条路来，阿飙轻快地跟在他的身边。乔·托伦斯走在最后面，捯扶失去知觉的狩猎监督官。他们不必摸索方向，因为风是从北边吹来的，他们只需用背顶着风，就可以到达岛背风的一侧。

到达湖边后，艾伦转身去扶杰夫·达恩利。他把狩猎监督官的脚放在前排座位下面，让他的脑袋靠着船头。

"我让阿飙留下来陪你。"他对乔说。

"阿飙？"

"就是那条狗！你们现在回到火堆那儿去吧！"

艾伦将小艇向前推动。小艇刚一接触水面，他立马跨入划桨的座位，一分钟后，他们消失在暴风雪中。迎着飞旋的大雪，艾伦不得不眯上眼睛。小船很容易倾覆，艾伦需要做的是让船头对准前进的方向，让风推着他走。

艾伦的船被风吹着，他只需要偶尔把船桨浸到水中，以防偏离航向。小船朝着湖对岸疾驰而去，像是在天上飞，而不是浮在水上。隐隐约约，艾伦觉得他听到了飞禽嘎嘎的叫声，但事实上，他唯一能听到的声音只有风声。

突然，艾伦看到大浪袭岸，满地琼花碎玉，他一时惊恐起

来——能跨过大湖真的是他运气好。他发现一根长满结疤的梧桐树枝悬伸在水面上,他暗自庆幸。原以为风会把他吹到距离他家好几百英尺的范围内,但这棵梧桐树生长的地方距离通往他家前门的一条小道不到一百英尺远。

湖浪把小艇掀到了岸上,艾伦从船里跨出来,把小艇往前拖了一段距离,然后转身去扶杰夫·达恩利下船。两人下船之后,透过模糊的飘飞雪花,他看到家里的窗户亮着灯。他奋力踏上小道,穿过门廊,用膝盖顶开大门。屋里有几个男人,艾伦把杰夫·达恩利推向他看到的第一个人——巴拉德·托伦斯。

"他受伤了!你照看一下!"艾伦对巴拉德说。

说完,艾伦立刻转身朝小艇跑去,身后是那一群男人发出的叽叽咕咕的声音。他要立即去接阿飘和托伦斯。

艾伦掉转船头,他知道自己将面临一个大麻烦。刚才顺风而行的时候,划船相对容易,但现在是逆风,大浪高高地掀起。艾伦试图让小艇浮在浪头上。他发现自己高出湖岸六英尺,小艇横卧在他的大腿上,四面都被涌起的浪涛包围了。

他让小艇倾斜,倒出里面的积水,然后把它举起来,与腰齐平直接蹚到下一个大浪中去。当这个浪朝他涌过来时,他便用尽全力站稳脚跟。艾伦把小艇匆匆抛入浪谷,自己再跳上船,尽管小艇非常危险地摇晃起来,但还未至倾覆。艾伦抓起船桨,与接下来企图把他掀回到湖岸的那股巨浪奋力抗争。

艾伦把他全部的注意力和吃奶的力气都用在了桨上。他是逆风而行,不使出吃奶的劲,肯定又会回到岸边,所以必须拼尽全力,进入乔发出的枪声的范围之内。他已经累了,但不敢休息，因为只要一松劲，就意味着前功尽弃，风会把他打回到下水出发的地方。

过了一会儿，艾伦确认风向朝西北偏离了十到十五度。艾伦只能改变航向以抵消风向的改变所带来的影响，他竭尽全力保持直线行驶。这种情况下的一个错误判断会惹出很大的麻烦，艾伦一直努力辨认枪声传来的方向。

艾伦连续划了很长时间的桨，看来他错过了那座岛屿；当他再次听到22口径左轮手枪发出的枪声时，他肯定自己已经走过了。艾伦调转船头朝声音的方向驶去，他又听到了那个声音，几分钟之后，他看到了那座岛屿。艾伦沿岛岸转了四分之一圈，除背风一侧之外，从其他地方上岸都很危险。当感到风力减弱时，艾伦朝岸边靠了过去。

艾伦把小艇拖上岸，他无法准确地知道自己身在何处。他喊了几嗓子，但是没有人回应他。尽管全神贯注地听，他所听到的也只有风声。艾伦抓住锚索，正当他打算四处观望的时候，阿飙跑到了他的身边。艾伦跪下来抱住那条大狗，然后站起身，跟在阿飙的身后返回到那块巨石所在的地方。乔·托伦斯等在巨石的旁边。那堆火早就烧得只剩一堆冷灰了。

"我把杰夫送回去了。"艾伦气喘吁吁地说，"我们走吧！小艇在这边！"

风吹着他们的背，他们开始朝着背风一侧的岸边走去。乔沿着艾伦留下的足迹前进，他们来到水边找到了小艇。

"你坐船头吧。"艾伦对乔说。

乔什么也没问便坐了下来，阿飙也跳进了小艇。艾伦将小

艇推出水面,当船尾浮起来时,他跨了进去,并急忙拿起船桨拼命划动。风再次让他们从水面上飞掠而去。艾伦把船桨不深不浅地浸在水里,使船保持直线行驶。好不容易可以休息一下了,艾伦痛苦地呻吟着。可怕的噩梦总算过去了。

突然,小艇的底部响起一阵刺耳的摩擦声,船头猛地向上扬起,艾伦对此毫无防备。乔·托伦斯跌跌撞撞地朝后退,阿飙滚到了他身上。从被暴风拍击的湖水里浮出一头怪兽——一段漂浮着的死树,但看着就跟活的一样。小艇在沉在水下的树干上搁浅下来。死树翻转过来,它那像手臂一样的树杈浮到水面上,其中的一处还碰到了艾伦的头。小艇翻了个底朝天。

艾伦意识到自己跌到湖里了,除了感觉到湖水比风暖和之外,他什么也想不起来。接着,他听到一阵狂喊:"艾伦!艾伦!你在哪儿?"

这声音让他清醒了好几分,这声音听起来很熟悉,艾伦本能地开始朝声音传来的方向游过去。他感觉到一只手抓住了他,这只手拉起他的右胳膊,把它架在狗的脖子上。艾伦幸福地笑了。阿飙!他本该知道阿飙会待在他的身边的;有了这种牢不可破的关系,他们没有干不成的事。艾伦把手指缠在狗的皮毛里,他迷迷糊糊地知道阿飙正在游泳。

接着,艾伦感觉到了脚下的浅滩,他试着往前走。他几乎要跌倒了,但是他努力站直,跌跌撞撞地朝湖岸走去。接着,他又跌倒了,身体无法动弹。

艾伦醒来时感到了一种挫败。他觉得自己把阿飙和乔·托伦斯留在了岛上,他们还在眼巴巴地等着他回来营救。他本该

赶回去救他们的,千万不能耽搁了时间。艾伦挣扎着坐起来。

他又昏了过去。过了很久,他醒了,发现自己躺在自家的床上。燃烧的木材发出噼里啪啦的欢快声响,取暖炉的四周围绕着一圈快乐的红色火光。阳光穿过窗户射进来,风早已止息了怒号。杰夫·达恩利和乔·托伦斯坐在炉子旁边,杰夫把一条腿搭在另一把椅子上。在艾伦的床边,阿飙一边用尾巴拍打着地面,一边看着他。

艾伦揉搓着狗的耳朵。他忽然觉得虚弱无力,头又落回到枕头上,他朝那两个人的方向转动身体。

"发生什么了?"

"我们的船在一棵死树上搁浅之前,你都平安无事。"乔·托伦斯说,"随后船就侧翻了。我扶正小艇,在水里漂浮着,你的狗拖着你在水里游。那真是一条了不起的狗啊,它要是我的狗就好了。"

艾伦听到自己的答话声:"你是不会要一条流浪的疯狗的!"

"流浪的疯狗?"乔对着杰夫竖起双眉,大惑不解,"这是什么意思?"

"艾伦现在还神志不清呢。"杰夫帮艾伦解围。

艾伦的大脑开始清晰起来,他又坐起身,朝房间四周看了看:"其他人呢?"

"他们趁天气转好的空当回家了。"

"可是……可是……"

乔用很低沉的嗓音说道:"我知道你在想什么,艾伦,你

没有做错什么。我们真是比佛湖泽地带最大的一群傻瓜。逍遥汉杰基把鲍勃的死讯告诉了我们，我们就来这里瞎折腾，我们……我们……唉，杰夫，你跟他说吧。"

狩猎监督官笑了笑："艾伦，这是一件极其危险的事情。他们确实是来找你麻烦的，是逍遥汉杰基鼓动他们那么干的。他想的是，只要找你当替罪羊，一切都可以敷衍过去。不过，他不是一个非常聪明的人。对鲍勃的死，他比大家想象的要知道得多得多。"

艾伦盯着他看："你的意思是逍遥汉杰基他……"

杰夫点点头："他开枪打死了鲍勃。至于是不是误伤，只有庭审后才知道。不管怎么样，在他坦白打死人之后，托伦斯家的人才意识到他们此前行为的荒诞以及现在应该干点什么……"

"这就是为什么我们往湖边调集那些船只。"乔急着插嘴说，"我们想找到你，把事情解释清楚。"

艾伦朝杰夫转过身："不过，你是知道我在哪里的呀。"

"我以为自己知道。"狩猎监督官回答说，"乔和我乘一只独木舟，我们去了你说的冷杉溪的岔路口。"

"哦，"艾伦红着脸说，"我当时不在黑溪。我在观察着湖对岸。我看到了你们，还以为……"

"你还记得那场暴风雪吗？"杰夫脸上出现了害怕的神情，"我们想抢在暴风雪天气来临之前让你离开那里。最后反倒是你把我们从那儿救了出来，谢谢你。"

艾伦心有余悸，还不能接受自己摆脱了嫌疑的事实。

"不只是摆脱嫌疑。"乔说,"你瞧,艾伦,为了把这些船用卡车运到这里,我们不得不开放导入高速的支线路段。我……嗯……我们就让高速路一直畅通下去吧。今年的猎鸟季已经赶不上了,不过等到明年,当野鸭展翅高飞,你爸爸也回来了的时候……"

阿飙对这一番长谈开始感到厌倦。它站起身,碰了碰艾伦的手,希望引起他的注意。艾伦把手握在阿飙黑乎乎的口鼻上。

"阿飙完全赞成你的建议。"艾伦高兴地说。